La face cachée des montagnes

Anne-Julie Chauve

Copyright ©2024 Anne-Julie Chauve

Couverture :
©2024 Anne-Julie Chauve – Photo d'arrière-plan ©pexels-njeromin-18981045 – Dessin des personnages généré par IA générative Canva, avec retouches.
Tous droits réservés.

« Le Code de la propriété intellectuelle et artistique n'autorisant, aux termes des alinéas 2 et 3 de l'article L.122-5, d'une part, que les « copies ou reproductions strictement réservées à l'usage privé du copiste et non destinées à une utilisation collective » et, d'autre part, que les analyses et les courtes citations dans un but d'exemple et d'illustration, « toute représentation ou reproduction intégrale, ou partielle, faite sans le consentement de l'auteur ou de ses ayants droit ou ayants cause, est illicite » (alinéa 1er de l'article L. 122-4). Cette représentation ou reproduction, par quelque procédé que ce soit, constituerait donc une contrefaçon sanctionnée par les articles 425 et suivants du Code pénal. »

ISBN : 9798300775117

Editeur : Anne-Julie Chauve, 69210 Rhône
Dépôt légal : décembre 2024
Imprimé à la demande par Amazon

A ma fille Noémie,
qui ne cesse jamais de croire en moi

Chères lectrices, chers lecteurs,

Je vous souhaite de passer, au fil des pages, un très agréable moment de lecture.

J'espère que vous prendrez autant de plaisir à vous plonger dans cette aventure que j'en ai eu à l'écrire…

De retour…

La voiture gris acier s'engagea dans l'allée caillouteuse. Après plusieurs heures d'autoroute, à travers de larges plaines remplacées ensuite par des collines, elle avait traversé les monts sombres du Jura, avant d'atteindre la ville d'Annecy, puis celle de Thônes, encerclée par les parois escarpées de la chaîne des Aravis. Sur la dernière partie du parcours, les virages, larges au début, avaient cédé la place à des lacets de plus en plus courts et sinueux, au fur et à mesure que la voiture se rapprochait de sa destination. Si le tout début de l'ascension s'était encore fait de jour, très vite, les phares ronds avaient jeté leur lumière vive sur le goudron abîmé de la route de montagne.

Dans les régions alpines, l'hiver était rigoureux, et la neige et le gel craquelaient chaque année l'asphalte pendant plusieurs mois. Au printemps, les équipes d'entretien rebouchaient tant bien que mal fissures et trous, donnant alors aux routes l'aspect d'un patchwork original qui s'étirait sur des kilomètres et réduisait par endroit l'adhérence au sol.

De nuit, la route prenait un tout autre visage et il fallait alors rester concentré et particulièrement prudent.

Nombre de personnes avaient déjà fait la mauvaise expérience d'un virage trop sec, et s'étaient retrouvées, sans avoir compris comment, dans le bas-côté. Mais la conductrice n'avait que trop bien connu cette route pour se laisser surprendre, même après tant d'années. Sa voiture n'hésitait pas à l'approche des virages, semblant même trouver seule ses marques, comme si elle reconnaissait instinctivement les lieux…

Après quelques minutes à rouler lentement dans l'allée, les pneus se mirent à crisser plus bruyamment au contact d'une surface en gravier, puis leur bruit cessa brusquement tandis que la voiture s'arrêtait devant une grosse bâtisse. Le moteur fut coupé et le silence de la nuit envahit les lieux. Clara soupira en ôtant la clé de contact, et ouvrit la portière pour sortir du véhicule. Elle leva les yeux et son regard rencontra alors l'immense façade de la maison. Dans l'obscurité, elle lui trouva un air particulièrement austère et imposant. Un frisson désagréable la parcourut. Elle resserra machinalement les pans de son manteau autour d'elle, avant d'aller ouvrir le coffre de la voiture pour en extraire un sachet en papier et un gros sac de voyage en cuir, dans lequel elle avait rangé quelques affaires indispensables à son séjour.

En fait, elle n'aurait pas dû être là, mais quelque chose avait basculé deux mois auparavant, quand son notaire l'avait contactée pour lui demander si elle serait prête à vendre la maison. Des personnes avaient exprimé leur intérêt pour la bâtisse et il s'était empressé de lui trans-

mettre leur offre. Une offre des plus généreuses, qu'elle comptait bien accepter d'ailleurs. Mais Clara n'avait subitement pu se résoudre à signer… du moins pas tout de suite. Chaque jour qui passait, elle avait éprouvé un besoin grandissant de revenir dans cette maison, au moins une fois, pour voir… Elle ne savait pas ce qu'elle attendait de cette visite. Peut-être rien, ou au contraire, peut-être tellement ! Elle avait fini par poser ses trois semaines de congés annuels, qu'elle ne prenait jamais d'habitude, et était partie avec la ferme intention de faire un point avec elle-même et de prendre une décision concernant la maison, une bonne fois pour toutes.
Et voilà qu'elle se retrouvait là, debout dans la nuit noire, devant cette maison. Sa maison. Et la seule envie qui lui venait à cet instant était de s'enfuir, de prendre ses jambes à son cou. De rebrousser chemin sans se retourner. Elle respira profondément, sortit un vieux trousseau de clés de sa poche et s'approcha de la porte d'entrée. La clé qu'elle utilisa tourna difficilement dans la serrure, puis la porte s'ouvrit dans un grincement tonitruant à vous faire dresser les cheveux sur la tête. Mais Clara ne céda pas à ses angoisses. Elle chercha à tâtons l'interrupteur. Quelques jours plus tôt, elle avait pris soin de prévenir la société d'électricité pour qu'elle rebranche le courant, et elle espéra que le nécessaire avait été fait. L'idée de rester sans lumière la terrorisa un instant, mais tandis que ses doigts rencontraient enfin l'interrupteur et l'actionnaient, le hall d'entrée s'illuminait aussitôt.
Eblouie, elle ferma les yeux brusquement, puis les rouvrit

en soupirant.

Le hall était moins large que dans son souvenir, et elle reconnut tout au fond le grand escalier en bois qui avait si souvent craqué la nuit, lui faisant parfois si peur qu'elle se blottissait sous les draps en imaginant qu'un monstre l'arpentait jusqu'au matin. Aujourd'hui, il était plutôt délabré, avec ses marches usées à l'endroit du passage et la rambarde qui semblait s'affaisser au sommet. Elle décida de faire le tour des pièces pour en voir l'état général, mais aussi pour s'assurer que toutes les issues étaient bien fermées. Un coup d'œil sur sa montre lui indiqua qu'il était à peine vingt heures trente. Cela lui laissait donc un peu de temps avant que le sommeil ne la guette.

Sur sa gauche, la cuisine se montra sous son plus mauvais jour : des casseroles et autres ustensiles, qui étaient restés accrochés au mur, étaient sales à faire peur, et le sol n'avait pas été lessivé depuis des lustres. Les meubles étaient recouverts d'une belle couche de poussière. Elle comprit qu'il ne faudrait pas en attendre davantage du reste de la maison. La porte arrière de la cuisine, qui donnait sur l'extérieur, était verrouillée, mais elle constata quand même un jeu au niveau du verrou. Demain, elle descendrait au village et demanderait au vieux Sam de l'aider à le réparer… Il serait certainement très surpris de la voir, mais sans doute aussi content, se dit-elle.

De l'autre côté du hall se trouvait la bibliothèque, avec ses meubles protégés par de grands draps pour empêcher un tant soit peu la poussière de s'y nicher. Elle la traversa rapidement pour atteindre ensuite la salle à manger, ornée d'un immense vaisselier en bois foncé. Elle l'admira un instant. Il était toujours aussi beau que dans son souvenir, malgré l'absence des assiettes en porcelaine qui le décoraient autrefois et dont les motifs champêtres l'avaient tant subjuguée quand elle était enfant. Sa mère les collectionnait et chaque excursion ou voyage avait été l'occasion d'une nouvelle trouvaille… Dans un coin, le poêle trônait toujours, avec ses carreaux de faïence colorée. Elle vérifia les portes-fenêtres du rez-de-chaussée ; elles fermaient bien, ce qui la rassura.

À l'étage, elle retrouva les quatre grandes chambres. Là aussi, le temps avait fait des ravages : les tapisseries étaient flétries, et par endroit, des pans entiers se détachaient, révélant des murs grisâtres.

« Mon Dieu, pensa-t-elle, je n'ose pas imaginer le travail qui m'attend si je veux que les lieux retrouvent un aspect accueillant ! Même si je décide de vendre cette fichue baraque, j'ai du pain sur la planche avant de pouvoir le faire… »

Elle redescendit dans la bibliothèque et attrapa le sachet en papier qu'elle avait laissé avec son sac de voyage, et qui contenait son repas du soir : un hamburger, un paquet de frites et une boisson gazeuse, achetés à la hâte au niveau d'Annecy. Encore heureux qu'elle ait eu l'idée de s'arrêter au drive de ce fast-food, car la seule vision de la cuisine l'avait dissuadée d'y préparer quoi que ce soit. Même le petit déjeuner du lendemain lui sembla compromis étant donné l'état des lieux !

Elle grimaça devant la couche de poussière impressionnante qui enveloppait les draps des meubles. En ôtant ceux des fauteuils, elle découvrit néanmoins avec soulagement que la protection s'était avérée efficace. Elle dégagea le canapé et se laissa tomber mollement dessus, avant d'avaler son maigre dîner d'une traite. Puis, enfin rassasiée, elle laissa son regard s'attarder sur les étagères de la grande bibliothèque qui recouvrait les murs de la pièce. De toute la maison, c'était ici qu'elle avait toujours préféré se réfugier… mais les livres étaient si abîmés ! Dans les coins des meubles, des morceaux de papier prouvaient la présence de souris, qui avaient dû s'en donner à cœur joie pendant toutes ces années. Quel gâchis ! Son père avait passé des années à rassembler ces livres pour se constituer une magnifique collection. Et voilà que la destinée de tous ces ouvrages avait été de servir de rembourrage aux nids de plusieurs générations de souris, en grande partie par sa faute à elle, puisqu'elle avait abandonné les lieux ! Le regard de Clara s'arrêta sur un tome… son préféré… Elle se leva et le prit avec émotion. Les souris ne l'avaient pas touché et elle se dit que cela relevait du miracle. Elle revint s'asseoir dans l'un des fauteuils et se plongea dans l'ouvrage. Mais la fatigue s'empara doucement d'elle pendant sa lecture, et elle s'endormit rapidement sans même sans rendre compte…

Le lendemain, un rayon de soleil s'attardait sur son visage quand elle ouvrit les yeux. Elle remua dans le fauteuil quand un bruit sourd la fit sursauter. Le livre sur lequel elle s'était endormie venait de tomber brutalement sur le parquet. Elle s'étira longuement. Dormir dans un fauteuil n'était jamais une bonne idée et la position était carrément inconfortable. Elle avait mal partout. Elle observa la pièce autour d'elle. Baignée par les jets de lumière qui filtraient à travers les volets, la bibliothèque revêtait une douceur contrastée par rapport à la veille. Clara se leva et ouvrit les volets des portes-fenêtres en grand, laissant le soleil s'engouffrer à l'intérieur. Elle sortit sur la terrasse, dans l'air frais du matin. Son regard s'arrêta net sur le cabanon en bois situé au fond du jardin. Elle constata qu'il avait été entièrement reconstruit. Sa gorge se serra mais elle chassa immédiatement la sensation désagréable qui menaçait de s'emparer d'elle.

Elle consulta sa montre, qui lui indiqua qu'il était déjà neuf heures. Il fallait qu'elle se dépêche de se changer. Etant donné l'état de la demeure, un véritable nettoyage de printemps s'imposait le jour même ! Une fois prête, elle attrapa son sac à main et les clés de sa voiture, et quitta la maison pour rouler jusqu'au petit village de Comancy. De jour, la route était tout simplement magnifique. Les oiseaux chantaient et le soleil scintillait à travers les feuilles des arbres. Clara retrouvait des sensations que la vie parisienne avait fait disparaître en elle depuis longtemps.

Elle avait choisi d'aller vivre à Paris quinze ans plus tôt et n'était jamais revenue dans ces montagnes depuis. À cet instant, pourtant, elle se demanda comment elle avait pu tenir aussi longtemps sans revoir la beauté de ces paysages, sans les senteurs, les couleurs profondes et l'air plus pur des montagnes. Et pourtant, elle s'était vite habituée à l'effervescence de la grande ville. À l'époque, elle l'avait même souhaitée, car elle avait eu alors l'impression de ne plus être seule. Paris l'avait accueillie à bras ouverts, avait comblé sa solitude, et la jeune femme s'était laissée emporter par le tourbillon des sorties et des rencontres. Non, elle n'avait plus jamais été seule... Il y avait toujours eu un endroit à visiter avec des personnes connues ou pas, une fête à laquelle se rendre, et son travail avait très rapidement occupé l'ensemble de ses journées, voire même de ses week-ends et congés. Elle partait tôt le matin, et ne revenait jamais avant huit ou neuf heures du soir, pour souvent ressortir ensuite. De dîners d'affaires en fêtes entre amis, les années s'étaient écoulées comme par enchantement, sans qu'elle s'en soit rendue compte…

Elle alluma la radio. Une chanson récente envahit l'habitacle et Clara se mit à en fredonner l'air, un sourire aux lèvres. Un panneau annonça enfin l'entrée du village de Comancy et elle ralentit. Rien n'avait changé, ou presque. C'était la particularité de beaucoup de villages alpins. Ils s'agrandissaient, mais conservaient malgré tout leur douceur de vivre et leur charme si particulier. Les chalets en pierre étaient encore ornés de fleurs vives aux balcons, mais avec la fraicheur de l'automne qui s'installait, elles disparaitraient bientôt. Les villageois se hâtaient dans les ruelles, vaquant à leurs occupations habituelles. Arrivée devant un chalet plus petit que la plupart de ceux du village, elle se gara et frappa à la porte. Un homme d'environ soixante-dix ans ouvrit et écarquilla les yeux de surprise :

« Bonté divine ! Mais c'est ma jolie Clara ! Mais que faites-vous ici ?

— Bonjour Sam, comment allez-vous ? »

La jeune trentenaire lui sourit et vint se blottir dans ses bras grands ouverts… Puis il recula d'un pas, les yeux soudain humides, pour l'admirer.

« Vous êtes devenue une bien belle jeune femme ! Quelle surprise de vous voir ! Cela fait si longtemps ! Mais entrez donc… »

Il la poussa devant lui, vers le petit salon du chalet. Clara retrouva avec plaisir cet intérieur qu'elle avait bien connu et dont la chaleur l'avait toujours réconfortée. Là aussi, rien n'avait changé. La pièce était ornée d'une belle cheminée en pierres, au-dessus de laquelle trônait une paire de petits skis en bois qui dataient de la première moitié du vingtième siècle.

« Mes premiers skis », lui avait dit Sam un jour, alors qu'elle était encore une petite fille. Elle se souvint de sa perplexité enfantine du moment, et se revit, essayant d'imaginer comment on pouvait bien skier avec un équipement pareil ; devant son étonnement, il avait descendu la paire de skis aux premières neiges suivantes et la lui avait faite essayer. Un moment qui s'était révélé inoubliable pour elle. Elle sourit en y repensant soudain. Et tandis qu'elle rêvassait, dans la petite cuisine adjacente, le vieil homme avait déjà fait chauffer de l'eau sur une ancienne cuisinière à charbon. Il lui tendit une infusion aux plantes des montagnes, qu'elle approcha de son visage pour en apprécier tous les parfums. Elle savait, parce qu'il en avait toujours été ainsi, qu'il était allé lui-même cueillir le mélange que contenait ce breuvage.

« Alors, dites-moi tout…. »

Il plongea son regard dans le sien.

« Vous êtes revenue à la maison ?

— Oui, je suis arrivée hier soir et j'y ai passé la nuit. »

Il leva un sourcil, comme s'il attendait d'autres explications.

« Je vais sans doute rester quelques temps… une semaine… peut-être deux… »

Le vieux Sam acquiesça de la tête en silence.

« J'aurais besoin que vous me rendiez un petit service, Sam. J'ai vu que le verrou de la porte arrière de la cuisine ne ferme pas bien. Vous m'aideriez en y jetant un œil…

— Bien sûr mon petit, bien sûr. Je monterai avec le 4x4 cet après-midi.

— La supérette est déjà fermée ? Vu l'état de la maison, je vais devoir commencer par tout nettoyer… et je dois faire quelques courses aussi.

— Oui. La saison d'été est terminée à présent, et la supérette est fermée pendant le week-end. Elle reste ouverte deux jours par semaine, le lundi et le mercredi, mais le reste du temps, il faut redescendre sur Thônes, ou Annecy… Mais dites-moi… pourquoi être revenue à Comancy maintenant ?

— Je ne sais pas trop, Sam… J'ai reçu une offre intéressante pour la maison il y a quelques temps. Je vais très certainement la vendre, et j'ai éprouvé le besoin de revenir la voir une dernière fois, je suppose. Mais je dois avouer qu'en arrivant, je me suis rendue compte que, quelle que soit ma décision, j'allais d'abord devoir la rénover un peu, vu son état général… Bon, je ne vais pas traîner. C'est un travail de titan qui m'attend ! »

Une lueur de tristesse traversa le regard du vieil homme tandis qu'il la raccompagnait jusqu'à la porte. Ils se saluèrent et elle le laissa à ses occupations. Malgré ce qu'elle venait de dire à Sam, elle ne partit pas tout de suite pour Annecy. Elle avait envie de se promener un peu dans le village de son enfance. Elle prit une ruelle en pente, dans laquelle elle découvrit une petite boulangerie qu'elle ne reconnaissait pas. Devant la vitrine, sur le trottoir, un énorme tronc d'arbre coupé en deux servait de pot à des géraniums multicolores encore en fleurs, qui apportaient une touche de gaieté à l'endroit. Elle poussa la porte et entra. Une femme brune, qui devait avoir à peu près son âge, l'accueillit avec un grand sourire. Voyant Clara rester sur le seuil, elle lui lança :

« Bonjour, je peux vous aider ?

— Bonjour, je viens de revenir dans le village et je découvre votre boulangerie. Vous avez ouvert il y a longtemps ?

— Non, je suis plutôt nouvelle. J'ai ouvert il y a un peu plus d'une année maintenant. Je m'appelle Alice Morel. Enchantée.

— Et moi Clara Ducret.

— J'ai repris le fonds de commerce à la mort de sa propriétaire. J'étais parisienne avant… mais c'est une autre vie ! »
Elle éclata d'un rire franc. Clara continua :
« Moi aussi je viens de Paris. Mais avant je vivais ici. J'ai une maison, un peu plus haut après le village. Ça fait des années que je n'étais pas revenue et cette journée s'annonce difficile… Je dois faire un nettoyage complet, de la cave au grenier ! »
Elles discutèrent encore quelques minutes, puis Clara paya sa baguette de pain, salua la boulangère et sortit. Alors qu'elle remontait la rue, elle entendit qu'on criait son prénom derrière elle. Elle se retourna.
« Dites-moi, votre maison, c'est celle que l'on voit du chalet du vieux Sam ?
— Vous connaissez Sam ? Oui, c'est bien celle-ci, pourquoi ?
— C'est vrai qu'elle est grande… Ça vous dirait que je vienne vous donner un coup de main… Je ferme toujours la boulangerie le samedi après-midi… »
Clara réfléchit un instant. Un coup de main ne serait effectivement pas de trop. Et au moins, elle ne serait pas seule…
« Eh bien, pourquoi pas ! Je descends faire mes courses ce matin. Donnons-nous rendez-vous chez moi cet après-midi, dès que vous êtes disponible. Et un grand merci pour votre proposition ! »
Clara la salua encore d'un geste de la main et continua sa promenade au soleil, redécouvrant avec un certain plaisir

les coins et recoins de ce village où elle avait grandi : ses rues qui se faufilaient entre les maisons en pierre, sa petite place et sa fontaine au centre, le vieux lavoir caché derrière une grange, et qui ne servait plus depuis longtemps, mais qu'on avait gardé comme le précieux témoin d'une époque révolue. Elle avait souvent joué sur ses bords avec ses camarades d'enfance, s'amusant de voir l'eau glisser d'un baquet de pierre à l'autre. Elle se souvint que les montagnards passaient alors encore avec leurs bêtes dans cette partie du village, les laissant s'abreuver dans le lavoir, pour le plus grand plaisir des gosses. Elle se rappela aussi les soirées d'été sur la place, quand le village organisait des bals et que tous les jeunes des environs se retrouvaient sur les marches de la petite église en pierre massive et aux formes épurées, pour discuter de tout et de rien pendant des heures… que de bons souvenirs !

Un peu plus tard, Clara regagna sa voiture et partit en direction d'Annecy pour faire le plein de courses et de produits ménagers. À son retour, la vision qui s'offrit à elle lorsque la voiture entra dans l'allée fut bien différente de celle de la veille. La nature resplendissait et la bâtisse lui apparut soudain bien plus avenante, sa masse impressionnante adoucie par la végétation qui l'entourait et le bois teinté en gris clair des volets et des poutres apparentes. Clara arrêta le véhicule un instant, pour savourer cette image, et fermant les yeux, elle crut presque entendre, comme autrefois, des cris joyeux d'enfants dans les fourrés. Elle chassa rapidement les images qui remontaient du passé, soupira et redémarra la voiture, pour aller se garer juste devant l'entrée.

Décharger les courses qu'elle avait achetées nécessita plusieurs allers et retours. Le soleil étant encore chaud en journée à cette période de l'année, elle fut vite en sueur et dût enlever son blouson, puis son pull. Une fois tous les volets de la maison ouverts, les lieux reprirent déjà meilleure mine, ce qui réconforta grandement Clara. Elle se servit un café et commença à réfléchir à l'organisation des prochains jours. Dès le début de la semaine suivante, elle devrait rapidement trouver un ou deux artisans pour l'aider à remettre en état la maison. L'odeur de moisi était tenace, et le seul moyen de la faire disparaître serait d'aérer les pièces au maximum malgré l'arrivée de l'automne, de décoller au plus vite les vieux papiers peints, de nettoyer les murs, avant de reposer des tapisseries aux motifs plus actuels. Clara savait qu'il ne faudrait pas traîner, si elle voulait en faire le plus possible avant de repartir pour Paris.

En début d'après-midi, elle entendit un moteur et le crissement de pneumatiques sur les graviers. Comme promis, Alice, la boulangère rencontrée le matin même, venait l'aider. Clara la vit sortir de sa voiture, un 4x4 rouge qui n'était plus tout jeune, armée de balais et de seaux, et le sourire jusqu'aux oreilles. Elle avait noué ses cheveux longs en chignon sur le sommet de sa tête et revêtu une tenue confortable.

« Re-bonjour ! Vous avez pu trouver tout ce qu'il vous fallait ? »

Clara quitta la terrasse où elle se tenait et rejoignit en courant la nouvelle arrivante pour la débarrasser des affaires qu'elle lui tendait.

« Oui, je pense que j'ai tout ! Venez, je vais vous faire visiter. »

Elle lui fit signe de la suivre à l'intérieur et lui fit faire rapidement le tour du propriétaire. Puis elles relevèrent leurs manches et se mirent courageusement au travail. Après deux heures d'une activité acharnée, les deux trentenaires étaient en nage. Clara proposa à Alice d'arrêter là leur séance de ménage et de prendre un thé. La boulangère accepta avec plaisir. Elle devrait de toute manière bientôt repartir pour ouvrir la boulangerie. Les deux femmes se laissèrent tomber dans les fauteuils de la bibliothèque et grignotèrent tranquillement quelques biscuits apportés par Alice, leur tasse à la main. C'est alors qu'un nouveau bruit de moteur se fit entendre. Clara bondit sur ses pieds.

« Ça, ce doit être mon bon Sam ! »

Effectivement, un instant plus tard, le septuagénaire faisait son apparition dans l'embrasure de la porte, muni d'une énorme sacoche remplie d'outils. Il sourit de les voir si confortablement installées, et les salua de la tête.

« Prendrez-vous un café ou un thé avec nous ? Nous faisions une pause après notre après-midi spécial ménage d'automne…

— C'est très gentil, Clara, mais je préfère m'y mettre tout de suite. Si vous êtes d'accord, je vais non seulement réparer ce fichu verrou, mais j'en profiterai aussi pour jeter un œil à toute la maison. Je ne voudrais pas qu'il vous arrive un accident… Après tout, cette baraque n'a plus été occupée depuis près de quinze ans, et Dieu seul sait quels dégâts les souris et le temps ont bien pu occasionner ! »

Clara acquiesça et le remercia. Il disparut dans la cuisine, les laissant à leurs biscuits et à leur thé. Clara, curieuse d'en apprendre plus sur Alice, la questionna.

« Je peux vous demander quel était votre métier à Paris ? Déjà dans la boulangerie ?

— Absolument pas ! J'étais journaliste. Je travaillais pour un grand quotidien. Mon dada, c'était les homicides.

— Je suis impressionnée ! Qu'est-ce qui a bien pu vous amener à quitter ce métier qui devait être passionnant pour venir vous enterrer ici ? »

Alice sembla hésiter un instant avant de répondre.

« J'ai voulu changer de vie… C'est vrai que c'était passionnant, mais après quelques années à être toujours par monts et par vaux, j'ai vite réalisé que j'avais envie d'autre chose. J'ai donc cherché ce que je pourrais faire. Enfant, j'étais venue plusieurs fois dans la région avec mes parents pour skier. Et j'ai toujours eu envie de revenir. Lorsque j'ai commencé à vouloir quitter Paris, j'ai alors refait quelques séjours dans le coin, histoire de voir si mon idée était réalisable. Une fois, j'ai loué un meublé à Comancy, et je suis vraiment tombée sous le charme. Je suis revenue par la suite, à plusieurs reprises. Et puis, il y a deux ans, j'ai appris que la propriétaire de la boulangerie, avec qui j'avais sympathisé durant mes séjours, venait de décéder et que le fonds de commerce était à vendre. Tout est allé très vite dans ma tête. J'ai contacté l'agence immobilière, et signé un compromis de vente. En quelques semaines, j'ai tout plaqué et je me suis retrouvée ici. J'ai d'abord fait dépôt de pain, parce que je n'y connaissais absolument rien, puis je me suis inscrite à une formation pour obtenir un CAP Boulangerie. En quelques mois, je me suis formée à mon nouveau métier et j'ai ensuite pu passer derrière les fourneaux et prendre le statut de boulanger, pour le plus grand plaisir des locaux !

— Ça n'a pas dû être facile de tout abandonner…
— En fait, pas tant que cela… et je n'ai eu aucun regret, je vous l'assure… Dans ma vie d'avant, j'étouffais. Ici, c'est le grand bol d'air tous les jours !
— Pour ça, je veux bien vous croire !
— Mais vous ? Vous avez vécu ici longtemps ?
— Oui, mais j'avoue que j'ai du mal à en parler… J'avais quitté ces lieux pour oublier certains mauvais souvenirs, mais malgré les années, un jour, quelque chose resurgit et tous vos efforts sont balayés en moins de temps qu'il ne vous en faut pour vous en apercevoir. Alors vous ouvrez les yeux et vous êtes à nouveau perdue… »

Clara se leva et se dirigea vers la fenêtre. Son regard s'envola au-delà du jardin, loin vers les montagnes, de l'autre côté de la vallée. Alice observa en silence la jeune femme blonde à la silhouette élancée, avant de s'approcher d'elle.

« Clara ? »

La trentenaire sursauta, semblant soudainement revenir à la réalité. Alice s'excusa :

« Je suis désolée, je n'aurais pas dû vous poser ces questions. Je vois que cela vous émeut beaucoup…

— Ne le soyez pas. C'est comme ça et personne n'y peut rien. Je vais devoir apprendre à être moins sensible, et à passer à autre chose une bonne fois pour toutes si je veux arriver à faire quelque chose de bien de ma vie ! Excusez-moi pour ce moment d'égarement ! »

Elle sourit à son invitée, qui reprit :

« Et du coup, à Paris, vous faites quoi comme métier ?

— Eh bien, je travaille comme responsable de la communication dans une grosse entreprise internationale.

— Ça aussi ce doit être passionnant comme métier !

— Oui. Mais ça ressemble beaucoup à votre ancien métier ! Je passe ma vie dans des réunions, entre deux trains ou deux avions ! J'avoue que c'est parfois fatigant… Qui sait, peut-être qu'un jour, moi aussi j'aurai envie de tout envoyer balader et de faire comme vous ! Mais il se fait tard et nous n'avons pas revu Sam ! Sam ? »

Elle appela son prénom plusieurs fois. Le vieil homme finit par lui répondre du grenier. Il redescendit peu après avec sa sacoche à outils.

« Je viens tout juste de terminer mon tour d'inspection. J'ai réparé le verrou de la porte arrière. Je repasserai pour voir encore deux ou trois petites choses, mais en attendant, vous pouvez dormir tranquille ! Personne ne viendra vous déranger ! Allez, je me sauve car je n'aime plus beaucoup conduire après la tombée du jour ! Mes yeux se font vieux, et mes réflexes sont moins bons qu'autrefois ! »

Il prit Clara dans ses bras et lui souhaita une bonne soirée. Alice se leva :

« Je vais vous suivre, Sam. Je dois rentrer moi aussi, sinon mes clients vont m'attendre ! Et au moins, comme ça, je saurai que vous êtes arrivé sans encombre à bon port. Clara, je vous dis à bientôt ! Et si vous avez besoin de quoi que ce soit, surtout n'hésitez pas ! »

Clara la remercia encore pour son aide, et les raccompagna tous deux jusqu'à leurs véhicules. Elle resta quelques minutes à observer les deux voitures qui s'éloignaient dans le chemin puis le long des virages qui descendaient vers le village, avant de rentrer et de retourner à son nettoyage.

L'occupant des Bois Rians

Alice, la boulangère, ne rentra pas directement chez elle une fois qu'elle eût dépassé le vieux Sam qui se garait devant son chalet. Elle fit demi-tour un peu plus loin et repartit sur cette même route qui montait vers la maison de Clara. Mais au lieu de bifurquer pour prendre le chemin qui menait à la grande bâtisse, elle enchaîna encore quelques virages avant de s'arrêter sur le bas-côté. Elle attrapa une paire de jumelles qui se trouvait dans sa boîte à gants et sortit du véhicule pour observer un chalet en contrebas. On l'appelait Les Bois Rians. Il ne faisait pas encore nuit, mais le soleil avait déjà disparu derrière les montagnes, plongeant la vallée dans une semi-obscurité. Un filet de fumée s'échappait de la cheminée, signalant que les lieux étaient occupés. Un chien aboya. Une voix d'homme s'éleva dans le calme du soir, intimant à l'animal de se taire. Alice scruta avec plus d'attention le chalet, pour finalement apercevoir un homme en jeans et gros pullover beige assis sous la véranda en bois qui courait le long de la façade, une bière à la main. Elle l'avait croisé sur le marché, quelques semaines plus tôt, et l'avait trouvé plutôt charmant. Sauf qu'il avait l'air absent, et pressé... Elle se remémora la scène : exceptionnellement, elle avait décidé de prendre un stand sur le marché pour vendre son pain et ses viennoiseries, car la mairie avait organisé une grande manifestation pour fêter l'automne. En milieu de matinée, elle avait vu l'homme s'avancer vers son stand. À sa grande surprise, elle avait constaté de nombreux regards sur son passage, tandis que les conversations cessaient brusquement. L'homme, entre trente et quarante ans selon elle, semblait ne pas y prêter attention. Lorsqu'il fut devant elle, il lui demanda simplement de lui servir une baguette et deux pains de campagne, ce qu'elle s'empressa de faire avec un grand sourire. Elle lui offrit également deux croissants et lui souhaita une très belle journée. Un petit geste qui, elle l'avait espéré, allait faire de lui un nouveau client.

Le regard des badauds s'était fait pesant, et l'atmosphère était devenue presque trop lourde. Alice s'était soudain sentie mal à l'aise, sans trop comprendre pourquoi. L'homme lui avait pourtant souri très naturellement et semblait du genre aimable. Il l'avait remerciée et elle s'était sentie émue par sa gentillesse. Il s'était alors retourné et avait disparu dans la foule du marché.

Après son départ, les passants avaient rapidement repris leurs conversations et bientôt le brouhaha et les rires enjoués animaient à nouveau les abords de son stand, même si la jeune femme avait bien eu le temps d'entendre fuser quelques remarques désagréables de part et d'autre de la foule. Alice n'avait trop su que penser de tout cela. Plus tard, elle s'était tournée vers le vieux Sam, avec qui elle avait lié connaissance à son arrivée à Comancy et avec lequel elle s'entendait très bien. Elle lui avait raconté ce qui s'était passé, mais le vieil homme avait tourné autour du pot sans donner de réponses claires à ses questions.

« Bah…, ce n'est qu'un habitant du coin… et vous savez comment sont les gens…

— J'ai vraiment été surprise par la réaction des villageois, Sam. Qu'ont-ils donc contre lui ?

— C'est juste quelqu'un que les gens n'apprécient pas beaucoup… Il était parti depuis longtemps, et c'eût été préférable pour lui qu'il ne revienne pas. Ici, c'est un petit village de montagne. Tout le monde se connait et parfois, ça ne facilite pas les choses… »

Devant le manque évident de volonté du vieux Sam à satisfaire sa curiosité, Alice avait battu en retraite et était rentrée chez elle, sans même avoir obtenu ne serait-ce que le nom de l'inconnu. Elle avait recroisé l'homme une fois, sur la route, alors qu'elle circulait avec son 4x4. Il était à pied et bifurqua dans un sentier qui partait du virage qu'elle allait aborder. Elle avait alors vite fait demi-tour un peu plus loin, pour revenir en arrière. C'est ainsi qu'elle s'était retrouvée pour la première fois au niveau du chalet des Bois Rians. Depuis, elle s'était surprise à observer les lieux depuis la route quand elle passait par là, ne pouvant s'empêcher d'espérer apercevoir son occupant. Les coups d'œil jetés au passage s'étaient rapidement transformés en véritable curiosité et à présent, il n'était pas rare qu'elle vienne se garer de longues minutes pour observer en douce les allées et venues de l'inconnu. Qui était-il donc ? Quel était donc ce mystère qui l'entourait ? Elle avait beau se dire que son comportement était impoli, même un peu déplacé, et qu'elle prenait le risque de voir débarquer la gendarmerie si l'homme se rendait compte qu'elle l'espionnait, pourtant elle ne pouvait pas s'empêcher de continuer.

Cet après-midi-là, lorsque le sujet de son observation eut fini sa bière et qu'elle le vit rentrer dans le chalet, le chien sur ses talons, elle comprit qu'elle pouvait interrompre sa surveillance. Elle remit le contact, fit demi-tour avec son 4x4 et rentra à la boulangerie pour s'occuper de ses clients.

La semaine suivante fut très animée pour Clara. Grâce au vieux Sam, elle trouva vite deux jeunes apprentis qui l'aidèrent à décoller toutes les vieilles tapisseries, comme elle le souhaitait. Elle était aussi descendue à Annecy pour en choisir de nouvelles, modernes et agréables, et bientôt, la demeure reprit un second souffle bien mérité. Clara et Alice s'étaient revues presque tous les jours, soit à la boulangerie, soit en dehors des heures de travail d'Alice, et elles appréciaient de plus en plus leurs échanges. Clara avait invité la boulangère à venir boire un verre en fin de journée à plusieurs reprises. À vrai dire, la maison était grande et les planchers qui craquaient rendaient parfois son sommeil agité. De plus, cela faisait quelques soirs déjà qu'en fermant les volets au moment d'aller se coucher, elle s'était sentie comme observée. Elle avait eu beau scruter les alentours, elle n'avait pourtant vu personne. Comme elle continuait d'être perturbée par cette étrange sensation, elle en avait parlé à Alice et au vieux Sam. Ces derniers avaient chacun fait le tour du jardin pour voir si des traces d'un passage quelconque étaient visibles, mais ils ne trouvèrent absolument rien. Si quelqu'un observait la maison, il était extrêmement habile. Tous deux prirent la chose avec humour et la taquinèrent gentiment. Clara essaya donc de se rassurer en se traitant de poule mouillée et en se disant que son imagination lui jouait décidément bien des tours.

Pourtant, le lendemain même de cet échange amusé, Clara fut à nouveau saisie d'un véritable doute. Il était vingt-trois heures, et Alice venait de partir, après une soirée passée à rire et à papoter. Clara s'était attaquée à la longue et fastidieuse tâche qui consistait à fermer un par un tous les volets en bois de la maison. La nuit était sombre ce soir-là, le ciel voilé par une épaisse couche de nuages. Du brouillard commençait à remonter lentement de la vallée, donnant au paysage et au jardin un aspect mystérieux et fantomatique. Même les lampes extérieures situées tout autour de la maison ne parvenaient pas à maintenir une bonne visibilité.

Arrivée dans la bibliothèque, Clara ouvrit en grand la porte-fenêtre et sortit pour rabattre les volets. C'est alors qu'elle se figea. Plus loin dans la brume, un peu en contrebas, vers le fond du jardin, elle crut apercevoir une forme en mouvement. Elle sentit immédiatement sa gorge se serrer. Elle frémit et posa sa main tremblante sur le bois du volet. Son premier réflexe fut de se blottir dans l'embrasure, tandis que son cœur battait violemment dans sa poitrine et que ses yeux scrutaient la noirceur diffuse de la nuit brumeuse. Mais plus rien ne bougeait. Cherchant à maîtriser la terreur qui s'emparait d'elle, Clara saisit fermement les deux volets, les rabattit précipitamment vers elle et fixa les deux tiges métalliques dans les points d'attache pour les bloquer. Elle referma la porte vitrée et resta immobile, le souffle court, écoutant les battements saccadés de son cœur. Puis, au bout de quelques instants, elle se souvint avec soulagement que ce volet était le dernier de la série. Elle se força à respirer profondément pendant de longues minutes pour se calmer, écoutant malgré elle tous les bruits de la maison, ainsi que ceux qui lui parvenaient de l'extérieur, son cerveau essayant instinctivement de capter le moindre indice d'une présence autre que la sienne. Machinalement, elle refit le tour des pièces pour vérifier que toutes les issues étaient bien verrouillées, tout en essayant de se convaincre qu'elle avait rêvé, que c'était peut-être un animal tout simplement. Pourtant rien n'y fit. La forme était trop humaine. Et cette sensation bien trop marquée qu'elle avait depuis quelques jours que quelqu'un était là, tapi dans l'obscurité, occupé à la surveiller, à observer ses moindres faits et gestes, ne pouvait que la conforter sur la réalité de cette apparition…

Gagnée par le sommeil, elle finit par monter dans sa chambre. Elle ferma sa porte à double tour et se glissa dans son lit pour essayer de dormir, tendant tout de même l'oreille, attentive au moindre bruit. Son esprit paniqué semblait sans cesse craindre que quelque chose se produise. Elle se sentait traquée, comme prise au piège, sans savoir d'où viendrait le danger. Elle ressentait cette angoisse, si facilement provoquée par la nuit, et que chacun d'entre nous connait parfois au plus profond de soi. Une angoisse palpitante, qui maintient éveillé, ou réveille celui qui la vit, à la moindre alerte. Pourtant, cette nuit-là, rien ne se produisit. Même le plancher ne se manifesta pas, comme s'il compatissait à ses peurs. Son esprit apeuré finit par baisser la garde, et elle sombra dans un profond sommeil.

Alice essayait tant bien que mal de voir ce qui se passait du côté du chalet situé sous la route. L'homme semblait bien être chez lui, mais contrairement à son habitude, il ne se tenait pas sur le pas de la porte. Et le chien n'était pas dehors. Elle se pencha encore un peu plus au-dessus du buisson, en équilibre et au risque de dévaler le talus, sa curiosité l'emportant.

« Je peux vous aider ? »

Alice poussa un cri et se retourna brusquement. La surprise lui fit perdre l'équilibre et elle se sentit partir en arrière, tout droit vers le talus en pente. Une main l'agrippa alors fermement et la remit d'aplomb avant qu'elle ait eu le temps de réagir. L'homme qu'elle observait depuis plusieurs semaines se tenait devant elle et la fixait, sourcils froncés et l'air plutôt mécontent. Elle rougit jusqu'à la racine, bouche bée.

« Vous faites quoi, là, exactement ? »

Il la dévisageait et elle comprit qu'elle allait devoir trouver une explication plausible.

« Je contemplais juste votre chalet... Je... je le trouve très joli...

— Mais bien sûr... C'est pour ça que vous venez aussi souvent, j'imagine ? »

Devant son mutisme, l'homme hésita un instant.

« Il n'est pas à vendre. »

Alice saisit la perche qu'il lui tendait sans le savoir.

« Ah... C'est dommage...

— Allez, arrêtez, je ne vous crois pas... Vous êtes quoi au juste ? Une journaliste ? Une voisine fouineuse ?

— Non, je suis boulangère. On s'est déjà croisés, vous ne vous souvenez pas ? »

Alice se sentit piquée au vif par ses remarques désobligeantes, même si l'homme était très proche de la vérité. Il eut l'air surpris. Puis semblant enfin se souvenir de leur rencontre au marché, il hocha la tête et recula légèrement. Ses épaules se détendirent et son visage adopta une attitude plus avenante.

« Désolé, je ne vous avais pas reconnue... »

Il passa une main dans ses cheveux, l'air embêté.

« Je peux vous offrir un thé ou un café pour me faire pardonner de vous avoir effrayée ? Un peu plus et vous finissiez dans les ronces à cause de moi !

— Euh… oui, pourquoi pas… »

Alice attrapa son sac à main resté sur le siège passager, ferma le 4x4 à clé et suivit l'homme sur l'étroit sentier en terre qui serpentait entre les fourrés et les arbres jusqu'au chalet. Ils montèrent sur la terrasse, puis il ouvrit la porte, l'invitant à entrer dans l'habitation. Un instant, elle hésita, se demandant si elle ne commettait pas là une folie. Après tout, elle ne connaissait rien de lui, et la réaction des villageois pouvait fort bien être justifiée. Néanmoins, elle réalisa que d'une part il était un peu tard pour faire demi-tour, au risque de vexer son hôte, et que d'autre part, son instinct lui disait qu'elle ne craignait rien. Elle entra donc. Le petit chalet était propre et accueillant. Le feu crépitait joyeusement dans la cheminée et un sentiment de bien-être envahit aussitôt Alice. Son hôte prépara deux tasses de thé, lui indiqua un fauteuil en cuir et s'assit juste en face d'elle. Alice lança la conversation.

« Ça ne fait pas très longtemps que vous êtes ici, n'est-ce pas ?

— C'est vrai. À peine deux mois. Mais comment le savez-vous ?

— Je prends souvent cette route pour aller me balader, et je n'avais jamais vu de fumée s'échapper de la cheminée auparavant…

— Et vous, ça fait longtemps que vous êtes dans le coin ?

— Presque deux ans. J'étais sur Paris avant… Maintenant, je m'occupe de la boulangerie du village.

— Oui, je me souviens. Nous nous sommes croisés à la

fête des Châtaignes, n'est-ce pas ?
— Oui. J'avais pris un stand.
— Il est très bon, votre pain. Vos croissants aussi. Je pense que je viendrai vous voir plus souvent à la boulangerie. »
Elle sourit. L'opération « croissants gratuits » semblait finalement avoir fonctionné !
« Je peux vous poser une question ? »
Il acquiesça.
« Ce jour-là, j'ai été surprise de la réaction des gens lorsque vous êtes apparu devant mon stand. J'ai entendu beaucoup de commentaires très désagréables à votre égard après votre départ... Pourquoi vous en veulent-ils ?
— Les gens d'ici sont braves, mais un peu étriqués d'esprit parfois. Vous savez, dans les villages, c'est souvent comme ça. Quand quelqu'un ne leur revient pas, ça jase vite...
— Mais que vous reprochent-ils ?
— Ils ont leurs raisons... »
Décidément ! Il n'allait pas s'y mettre aussi, celui-là, avec ses « ils ont leurs raisons » !
Alice surveilla ses réactions. Elle perçut la légère crispation de sa mâchoire, tandis que le regard brun se durcissait. Elle vit aussi ses doigts serrer légèrement plus fort la tasse de thé. Il posa les yeux sur elle et ajouta :
« Vous pouvez toujours vous adresser à eux. Ils se feront sans doute un plaisir de vous dire ce qu'ils me reprochent. »

Il ébaucha un sourire. Alice comprit qu'il n'en dirait pas plus à ce propos et qu'elle n'aurait pas la réponse à sa question aujourd'hui. Elle détourna donc la conversation sur des sujets plus légers tout en continuant à boire son thé. Son unique but était d'en savoir plus sur cet homme, qui commençait vraiment à l'intriguer. Elle apprit quand même son nom : Matthieu Deschamps. Et qu'il passait la plupart de ses journées à se promener dans la montagne avec son tout jeune chien. Mais ce fut tout ce qu'elle obtint de lui. Elle resta circonspecte. De quoi vivait-il ? Quel était son métier ? Où était-il avant son arrivée deux mois plus tôt ? Il ne lâcha rien et détourna avec une grande habilité les questions d'Alice tout au long de leur discussion. De son côté, il l'interrogea sur sa vie, sur son métier de boulangère. Elle s'était dit qu'en étant plus loquace que lui, cela le mettrait peut-être en confiance ; de toute façon, elle n'avait de son côté rien à cacher. La fin d'après-midi passa tranquillement en sa compagnie, plutôt agréable d'ailleurs, et quand Alice le quitta, elle se dit qu'elle éprouvait à son égard un ressenti plutôt positif, ne pouvant que s'étonner encore plus de l'attitude des villageois. Néanmoins, une fois installée au volant de son 4x4, et en y réfléchissant bien, elle dut se rendre à l'évidence : l'homme avait finalement très peu parlé de lui-même, et avait réussi à focaliser l'essentiel de la discussion sur sa vie et sur ses activités à elle. Elle se sentit frustrée de ne pas avoir réussi à en apprendre plus. Pour une ancienne journaliste, c'était quand même le comble ! Elle soupira, résignée. Ce serait pour une prochaine fois. Peut-être que le fait d'avoir parlé d'elle encouragerait l'occupant du chalet à se confier un peu plus un jour prochain…

Cela faisait maintenant presque une quinzaine de jours que Clara était arrivée. On approchait déjà de la fin du mois d'octobre. Les feuilles des arbres avaient commencé à changer de couleur, et même à tomber, tandis que les matins étaient devenus soudain plus frais, en à peine quelques jours. Les montagnes qui s'étaient parées d'or et de feu donnaient envie à Clara de rester encore un peu. Lorsqu'elle avait décidé de revenir à Comancy, elle pensait que son séjour serait potentiellement de courte durée ; mais finalement, ces deux dernières semaines n'avaient pas été si désagréables que cela. Au contraire ! Même si, bientôt, il lui faudrait retourner à sa vie parisienne. Il lui restait bien encore quelques jours de congés à poser, mais elle savait qu'elle ne pourrait aller au-delà, sous peine de donner l'impression à son entreprise qu'elle traînait la patte, et n'était peut-être pas si pressée que cela de reprendre son travail… Les premières neiges arriveraient certainement d'ici un petit mois, et cette pensée la chamboula plus qu'elle ne l'aurait cru. Elle réalisa qu'au fond, elle aurait aimé être encore à Comancy quand cela se produirait. Le souvenir des premiers flocons tapissant le jardin lorsqu'elle était enfant lui revint aussitôt en mémoire. Clara sourit et se dit que malheureusement, ce ne serait dans tous les cas pas pour cette année…

Ce matin-là, quand elle ouvrit les volets, elle constata qu'une multitude de feuilles mortes s'étaient entassées sur la terrasse, l'empêchant de rabattre entièrement les battants en bois contre le mur. Une bise tourbillonnante et glaciale les faisait voltiger de temps à autre, puis les ramenait à chaque fois vers le mur. Clara s'empara d'un balai pour les repousser, avant d'attacher le volet. C'est alors que son regard se figea à nouveau sur le fond du jardin, comme le fameux soir où elle avait été persuadée d'avoir vue une forme. Sauf que là, il y avait bien quelque chose, ou plutôt quelqu'un. Son cœur bondit dans sa poitrine tandis qu'elle pensait reconnaître la personne.

« Tu es folle. C'est impossible… », murmura-t-elle.

Elle passa sa main sur son visage, ferma les yeux une seconde et les rouvrit, espérant que la vision aurait disparu. Mais le visiteur avançait à présent vers elle et tandis qu'il se rapprochait et que ses traits se précisaient, Clara prit peur. Elle recula, terrorisée, voulant crier. Mais aucun son ne sortait de sa bouche. Prenant alors son courage à deux mains, et ne voulant pas fuir, elle traversa le jardin à grandes enjambées, le cœur battant, et se dirigea tout droit vers l'homme qu'elle avait reconnu. Arrivée à quelques pas de lui, elle s'enflamma :

« Qu'est-ce que tu veux ? Qu'est-ce que tu fais ici ? Tu n'as pas fait assez de mal ? »

Mais il ne répondit pas.

« Tu veux peut-être te venger ? Te débarrasser de moi, c'est ça ? »

Une fois encore, elle n'eut aucune réponse. Clara avait

envie de frapper l'homme qui se tenait devant elle.
« Réponds ! A moins que tu ne sois trop lâche pour ça ! »
Elle le fixa sans mot dire. Des larmes envahirent soudain les yeux de l'homme et elle resta quelques secondes indécise. Mais sa colère était si forte qu'elle se remit à apostropher le visiteur :
« Va-t'en… tu n'as rien à faire ici… et ne reviens plus. Je ne te pardonnerai jamais ce que tu as fait, tu m'entends ? Jamais ! Sors de ma vie… définitivement ! Et ne t'approche plus de la maison non plus ! Sinon j'appelle les gendarmes pour leur dire que tu m'espionnes. Fous le camp ! Tu entends ? Fous le camp ! »
Elle commença à repartir vers la maison en marche arrière.
« Et si tu essaies de me faire du mal, tout le monde saura que c'est toi !
— Clara… »
C'était son premier mot, et entendre son prénom dans la bouche de celui qui lui faisait face fit l'effet d'un coup de poignard à Clara. Elle se figea. Mais l'homme n'ajouta rien et tourna aussitôt les talons. Elle le vit emprunter le petit sentier qui descendait dans les bois, un peu en contrebas, puis disparaître, la laissant seule dans le calme de ce matin glacial. Glacial… c'était le mot… Clara frissonna et serra ses bras autour de son torse. Encore sous le choc de l'étrange scène qui venait de se produire, elle rentra chez elle et téléphona à Alice, pour lui annoncer que finalement elle avançait son départ pour Paris. Celle-ci, surprise par la teneur de cet appel, arriva chez

Clara un peu plus tard, alors qu'elle préparait ses valises. Sa nouvelle amie lui parut terriblement nerveuse. Elle l'aida à ranger ses affaires et tenta d'en savoir plus.

« Clara, tu ne veux pas m'expliquer ce qui se passe ? Parce qu'il se passe quelque chose, n'est-ce pas ?

— Je n'ai pas envie d'en parler…

— Mais enfin, hier encore, tu semblais finalement très contente d'être ici… tu m'as même dit que tu aurais aimé demander à ta boîte de te laisser prendre une semaine de plus ! Alors pourquoi ce changement ? Pourquoi décider de repartir comme ça dans la seconde à Paris ? Tu as reçu de mauvaises nouvelles ? Si tu me disais de quoi il s'agit, je pourrais peut-être t'aider…

— J'en doute… Personne ne le pourrait d'ailleurs…

— Allons, ne dis pas de bêtises. Tu ne veux pas plutôt m'expliquer ce qui se passe ? Et nous verrons ensuite… »

Clara soupira, les larmes aux yeux. Elle s'assit sur son lit et se mit à triturer nerveusement le pull qu'elle tenait dans les mains.

« Tu sais, cette maison était tellement plus joyeuse autrefois… J'y ai vécu beaucoup de beaux moments avec ma famille. Et puis un jour, le bonheur s'en va. Ça arrive comme ça, un matin, sans crier gare, et tu te retrouves prise dans un tourbillon de douleur qui t'arrache le cœur… Si seulement j'avais vu venir les choses…

— Raconte-moi…

— J'avais une sœur. Elle s'appelait Céline. Quand c'est arrivé, elle avait presque dix-sept ans. Moi dix-huit. C'était la fin des vacances d'été. Chaque année, tous les

jeunes du coin se retrouvaient et on s'amusait bien tous ensemble. On faisait des balades à vélo, des pique-niques d'enfer… bref c'était des super vacances. A l'époque, on avait un voisin avec qui nous faisions les quatre cent coups. Il s'appelait Matthieu. Il habitait un peu plus haut, avec ses parents… en montant vers le col, dans un petit chalet qui s'appelle Les Bois Rians. Tu vois où c'est ? »
En entendant Clara citer le nom du chalet et le prénom de celui dont elle parlait, Alice avait brusquement relevé la tête. Elle acquiesça. Oui, elle ne voyait que trop bien où était le fameux chalet… Les pièces d'un puzzle commençaient soudain à apparaître dans sa tête…
« Matthieu, c'était comme un frère pour moi… On se connaissait depuis toujours. On a grandi ensemble, lui, ma sœur Céline et moi… Mais quand on grandit, les choses changent… et un jour, j'ai commencé à regarder Matthieu autrement. Plus tout à fait comme un frère ou comme un ami… Et c'était pareil pour lui. On a commencé à passer de plus en plus de temps ensemble, rien que tous les deux, et ma sœur s'est sentie mise à l'écart. Sa jalousie est devenue maladive… »
Clara se leva et se dirigea vers la fenêtre. Son regard se perdit au loin.
« Et puis, tout a basculé. Un jour, Céline est rentrée à la maison comme une furie. Elle s'est mise à hurler que je lui avais volé Matthieu et qu'à cause de moi, sa vie était fichue. Je ne comprenais rien à ce qu'elle me racontait… Elle disait que Matthieu et elle sortait ensemble depuis des mois et que j'étais venue tout détruire. Que je brisais

sa vie. Jamais je n'avais vu Céline aussi en colère et aussi… hystérique. J'étais bouleversée, sans voix. Tout d'un coup, je ne savais plus que croire… D'un côté j'avais ma sœur devant moi, qui m'injuriait et me lançait à la figure que je me conduisais comme la dernière des garces en lui piquant l'homme de sa vie ; et de l'autre, ce même homme qui me montrait chaque jour à quel point il était heureux avec moi… Alors j'ai craqué. J'ai attrapé Céline par le bras et je l'ai giflée si violemment qu'elle en a eu le souffle coupé. Ensuite, je suis montée dans ma chambre, j'ai pris quelques affaires et je suis partie dormir chez une copine, en laissant là ma sœur et mes parents. »
Clara s'arrêta de parler. Sa gorge s'était nouée et elle ne pouvait plus continuer. Elle voyait défiler à nouveau sous ses yeux cette terrible fin de journée, et cela la bouleversait. Alice s'approcha et la serra dans ses bras. Clara reprit son récit :
« Le lendemain matin, des gendarmes se sont présentés chez mon amie. Ils ont demandé à me voir. Ils m'ont expliqué que quelque chose de terrible s'était produit, et que j'étais la seule rescapée. Le cabanon au fond du jardin avait brûlé ; mes parents se trouvaient à l'intérieur… et ma sœur… ma sœur avait été retrouvée sans vie. Après avoir été étranglée… »
Elle s'était mise à hoqueter, les larmes lui brouillant la vue. Alice, remplie d'effroi devant cet horrible récit, tenta de la consoler avec douceur. Clara continua :
« Très vite, les soupçons se sont portés sur Matthieu. La veille, des gens du village l'avaient vu en pleine dispute

avec ma sœur. Il a été arrêté presque aussitôt. Pendant le procès, j'ai appris qu'il avait effectivement eu une liaison avec Céline et il a expliqué qu'ils s'étaient disputés car il avait voulu mettre un terme à leur relation une bonne fois pour toutes. Elle ne l'avait pas supporté et l'avait menacé de tout révéler à mes parents. Comme elle était mineure, mes parents auraient très mal pris les choses ! L'enquête a révélé que Matthieu avait pris peur, qu'il s'était rendu chez mes parents pour parler à Céline et que la situation avait visiblement très mal tourné. Même s'il ne l'a jamais reconnu, il en est ressorti qu'il aurait étranglé ma sœur dans un accès de rage, puis aurait enfermé mes parents dans le cabanon et mis le feu pour les faire taire... Alors, quand j'ai vu ce monstre ce matin... quand je l'ai vu, j'ai paniqué. Pas sur le coup, car ma colère et ma haine ont d'abord été si fortes que j'aurais voulu le tuer. Mais après, j'ai vraiment eu peur. Il est revenu ici... il est libre... et moi, je suis à sa merci...

— Tu l'as vu ce matin ? Mais où ?

— Dans le jardin. Il était là, près des arbres. Près du cabanon. J'étais folle de rage !

— Allons, calme-toi...

— Pendant le procès, il cherchait mon regard. Il voulait me parler, je le voyais bien. Mais je n'arrivais pas à le regarder. Il a demandé à pouvoir me rencontrer mais j'ai refusé. Au début, j'ai voulu croire qu'il était innocent, mais chaque nouvelle information qui s'ajoutait au dossier se retournait contre lui. Son ADN sous les ongles de ma sœur, les témoins de leur dispute... Et il ne se

défendait même plus à la fin… Son avocat a alors choisi de plaider la folie passagère. Et il a réussi son coup ! Matthieu a écopé de trente ans de prison avec une peine ferme de quinze ans, avec suivi psychiatrique. Et aujourd'hui il est libre. Au bout de ces quinze ans. Comment est-ce possible ? Comment a-t-il fait ? Et ce que je ne comprends pas, c'est que personne ne m'a prévenue de sa remise en liberté… il y a forcément eu une erreur quelque part… J'ai peur… peur de ce qu'il pourrait me faire, à moi, maintenant…
— Ecoute, rien ne dit qu'il va te faire du mal…
— Tu oublies qu'il a passé quinze ans de sa vie derrière les barreaux et que je lui ai tourné le dos. Un fou dans son genre ne voudra qu'une seule chose : se venger ! C'est évident !
— Je n'en suis pas si sûre que toi.
— Comment peux-tu dire ça après tout ce que je viens de te raconter ? »
Alice sembla hésiter, avant de répondre :
« En fait, je l'ai déjà rencontré. Plusieurs fois même. Pour tout te dire, ça fait des semaines que je l'observe.
— Quoi ? Mais comment ça ? »
Alice lui raconta alors sa première rencontre avec Matthieu Deschamps sur le marché, comment il l'avait intriguée, sa discussion avec lui au chalet des Bois Rians, et la détresse qu'elle avait sentie chez cet homme.
« Crois-moi Clara, je n'ai vu qu'un homme blessé et empli de tristesse. Genre, brisé par la vie. Pas du tout le dingue que tu me décris…

— C'est aussi ce que je croyais. Je pensais qu'il était l'homme le plus doux du monde, qu'il m'aimait… Mais c'était faux ! Et tu as pris de gros risques en entrant chez lui, Alice ! Il a tué trois personnes ! »

Les deux femmes restèrent silencieuses. Alice était perplexe face aux propos de Clara. Dans son métier de journaliste, elle avait couvert plusieurs affaires de meurtres, et elle s'était vite rendue compte que rien n'était jamais aussi simple qu'il y paraissait… Et elle se faisait suffisamment confiance pour compter sur son propre instinct. Elle resta encore un long moment à discuter avec Clara, et finit pas la persuader de maintenir sa date initiale de départ. Elle se proposa même de venir dormir chez elle, si elle le souhaitait, afin que cette dernière ne reste pas seule dans la grande maison.

Quand on creuse…

Alice allait et venait dans l'atelier de sa petite boulangerie, pensive, tandis qu'elle préparait les fournées de pains et de viennoiseries. La veille au soir, elle avait appelé l'un de ses anciens collègues journalistes pour savoir s'il pouvait lui obtenir une pige des articles et éléments de dossier concernant l'affaire Matthieu Deschamps. Cela lui donnerait un bon point de départ pour se familiariser avec le sujet. Son instinct la trompait rarement et elle voulait en avoir le cœur net. Cela signifiait qu'elle allait devoir reprendre pendant un temps sa casquette de journaliste de terrain, ce qui ne l'enchantait guère. Mais sa curiosité était trop forte. Cet homme n'avait à ses yeux rien d'un assassin, et son petit doigt ne cessait de lui murmurer qu'elle se trouvait peut-être face à une erreur judiciaire. Si tel était le cas, un innocent venait de passer quinze ans de sa vie derrière les barreaux… et plus terrifiant encore, le véritable assassin coulait, de son côté, des jours peut-être paisibles, pouvant de surcroît à tout moment remettre le couvert et perpétrer de nouvelles horreurs !
On disait que le coupable était souvent une personne de

l'entourage proche des victimes. Mais Clara n'avait plus de famille. Des amis ? Ceux de ses parents avaient apparemment tous été mis hors de cause, mais était-ce réellement le cas ? Du côté des deux sœurs, les gendarmes n'avaient trouvé personne qui aurait pu leur en vouloir ; à part la situation amoureuse conflictuelle avec Matthieu Deschamps, bien sûr. Mais là encore, Alice s'interrogeait. Surtout à propos de la jeune Céline.

À la fin de sa journée, elle monta passer la nuit chez Clara. Celle-ci était d'abord venue dormir chez elle quelques soirs, puis elles avaient inversé. À son arrivée, Clara lui proposa un verre de rosé qu'elle accepta bien volontiers, avant de se lancer dans un interrogatoire discret, ne voulant pas paraître trop intrusive. Elle voulait absolument en apprendre plus sur Céline. Et Clara répondit de bonne grâce à ses questions.

« Céline était une très jolie jeune fille, tu sais. Tous les garçons du coin lui tournaient autour. Ça énervait beaucoup notre père. Une fois, il a même surpris l'un de ses prétendants en train d'escalader le mur de la maison pour atteindre sa chambre ! C'en était presque comique à l'époque ! Alors autant te dire qu'il la surveillait de près. Mais Céline trouvait toujours le moyen de voir ses petits copains…

— Et Matthieu ?

— Franchement, je ne sais pas comment c'est arrivé… Je sortais avec Matthieu depuis plusieurs mois et jamais je n'aurais imaginé qu'ils se voyaient en cachette. Au cours du procès, des témoins ont dit les avoir aperçus à plusieurs reprises tandis qu'ils se retrouvaient dans une vieille grange abandonnée, deux kilomètres plus bas, après le village. L'un d'eux a même avoué s'être approché une fois par curiosité et avoir assisté à une scène… très chaude. Tu imagines ce que j'ai pu ressentir en entendant tout ça ? J'étais abasourdie. Et je suis vraiment tombée de haut…

— Tu pensais que tout allait bien à ce moment-là entre Matthieu et toi ?

— Oui. Et cela a rendu les choses encore plus difficiles pour moi. Si ça n'avait pas été le cas, j'aurais peut-être pu comprendre qu'il se soit intéressé à elle, mais là… Tu sais, Céline n'était pas si innocente qu'on aurait pu le penser. Elle… je crois qu'elle aimait ça… je veux dire… le sexe… Je voyais bien qu'elle trainait toujours avec des garçons différents d'un jour à l'autre. Et d'une certaine manière, je me doutais bien de ce qu'ils cherchaient tous. Et je me doutais aussi qu'elle était plutôt partante… En fait, la vérité, c'est qu'elle sautait sur tous les hommes qui passaient. Mon Dieu, que je n'aime pas dire du mal d'elle… Une fois, un évènement m'a marquée. J'étais descendue à pied au village, et je l'ai vue sortir d'une maison en rajustant sa robe. Je suis restée cachée derrière l'angle d'un mur pour qu'elle ne me voit pas, tandis qu'elle se dépêchait de remonter vers chez nous. Quelques minutes après, j'ai vu quelqu'un ouvrir la porte de cette même maison – c'était un homme – et s'appuyer contre le mur pour fumer une cigarette. Je me souviens encore du malaise que j'ai ressenti face à cette scène. Je ne voulais pas l'admettre à l'époque, mais la vérité, c'est que Céline venait visiblement de passer un moment avec cet homme. Et ce qui me gênait le plus, c'est qu'il était loin d'avoir le même âge qu'elle. Je pense qu'il avait au moins la cinquantaine. Il aurait pu être son père, tu te rends compte ? »

Alice hocha la tête, réalisant bien que Céline avait été une jeune fille très libre, qui entendait profiter de la vie comme elle le souhaitait. Elle comprenait ce qu'avait pu ressentir Clara, dont le caractère paraissait bien différent, face aux mœurs si libérés de sa jeune sœur…

« Et cet homme, tu le connaissais ?

— De vue seulement…

— Est-ce qu'il habite toujours ici ?

— Non. C'était un Lyonnais. Je sais juste qu'à l'époque il devait posséder cette maison dont je te parle parce qu'il venait les week-ends, et aussi aux vacances avec sa famille : sa femme et leurs trois enfants. Pas franchement un homme aimable… le genre « j'ai du fric et j'emmène bobonne et les enfants à la montagne »… On les croisait de temps en temps au marché, mais ça s'arrêtait là… D'ailleurs, mon père ne semblait pas vraiment les apprécier… et de mon côté, je n'ai jamais fréquenté leurs enfants…

— Et il voyait encore ta sœur quand le drame s'est produit ?

— Je n'en sais rien… Par contre, il venait encore en famille à Comancy, ça c'est certain…

— Sais-tu si les gendarmes l'ont interrogé ?

— Aucune idée…

— Et tu connaissais son nom ?

— Non. Mais pourquoi me demandes-tu ça ? Tu penses qu'il aurait pu être mêlé à toute cette histoire ?

— Pas forcément… Franchement, je n'en sais rien… C'est juste que ce détail m'interpelle. Défaut professionnel sans doute…Mais revenons à Matthieu…

— Matthieu a été comme les autres… Il a cédé. Mais avec le recul, comment lui en vouloir vraiment ? Quand on connaissait Céline… Bref, toujours est-il que leur relation semblait durer depuis au moins plusieurs semaines quand tout cela est arrivé. Il a avoué que ma sœur voulait qu'il rompe avec moi ; au fond, je crois qu'elle ne supportait pas l'idée qu'il m'ait préférée à elle… »

Clara soupira.

« Et ensuite, que s'est-il passé ?

— Comme je te l'ai dit, ils se sont disputés et chacun est parti de son côté. Ce n'était pas une petite dispute ; des témoins ont dit qu'elle hurlait comme une folle et qu'ils s'étaient fortement invectivés. Plus tard, il semble que Matthieu soit revenu à la maison et qu'il ait enfermé mes parents dans le cabanon. Le scénario retenu est qu'il aurait ensuite mis le feu, puis étranglé ma sœur qui aurait tenté de sauver mes parents, avant de laisser son corps sur le perron et de s'enfuir.

— Hum… Et qu'a-t-il dit, lui ? A-t-il corroboré cette version des faits ?

— Ouh là, tu parles comme un avocat !

— Désolée… je…

— Je plaisante, Alice. Au début du procès, il ne cessait de dire qu'il était innocent… et je le croyais moi aussi… Et puis, au fur et à mesure, ses éléments de défense ont commencé à paraître de moins en moins crédibles et à être démontés les uns après les autres, de manière accablante, si bien qu'à la fin Matthieu restait prostré dans son box, à chaque audience. Son avocat a fini par invoquer la folie passagère, car il n'avait visiblement plus d'autre issue possible pour lui éviter la perpétuité, j'imagine…

— Clara, comment un jeune homme, de son âge et seul, aurait-il pu enfermer deux personnes vaillantes dans une cabane de jardin, tandis qu'une troisième était là et a forcément dû essayer de l'en empêcher ? »

Clara voulut répondre, mais soudain elle hésita, se rendant compte que jamais ce point n'avait été réellement abordé lors du procès, et qu'elle-même ne s'était jamais posé la question. Elle regarda Alice et ajouta après quelques instants :

« Il avait peut-être une arme et les aura menacés… Et puis, ma sœur n'était peut-être pas là au début… En fait, il est le seul à savoir ce qui s'est réellement passé ce jour-là… »

Alice se leva et fit quelques pas, songeuse.

« Ecoute… je dois te dire que j'ai demandé à un ami journaliste de m'envoyer une copie du compte-rendu des audiences. Elle est arrivée et je l'ai déjà entièrement relue. Ton père avait reçu un coup à la nuque. Il avait le crâne fracassé. Et ta mère aussi avait reçu un coup à la tête, comme si elle était tombée violemment et s'était cognée contre quelque chose, ou comme si on l'avait également frappée. Mais on n'a jamais retrouvé la moindre arme ou le moindre objet qui aurait pu servir à les tuer. Et Matthieu Deschamps n'a jamais avoué quoi que ce soit à ce sujet… »

Elle garda le silence quelques instants, le regard fixé sur la jeune femme.

« Je sais que ce que je vais te dire te semblera difficile, mais… je ne suis pas aussi sure que toi que Matthieu soit l'assassin de ta famille. Et si tel est le cas, cela veut dire que le véritable coupable court toujours… et que nous ne savons pas quelles étaient les vraies raisons qui l'ont poussé à perpétuer cet acte ignoble à l'époque… »

Clara se leva d'un bond, les yeux écarquillés et l'air stupéfait.

« Tu crois vraiment ce que tu dis ? Ce n'est pas possible, voyons ! Tu délires complètement, là… »

Mais Clara voyait bien qu'Alice était sérieuse et qu'elle avait pesé chacun des mots qu'elle venait de prononcer. Elle respira profondément pour calmer les battements de son cœur. Des pensées nouvelles et terriblement angoissantes s'imposaient à elle. Si Alice avait raison, rien ne prouvait que le véritable tueur ne soit pas encore dans les parages. Et qui pouvait affirmer qu'il n'essaierait pas de se débarrasser d'elle également… Tout d'un coup, elle se prit à regretter d'avoir voulu revenir à Comancy.

« Mon Dieu, faites que ce ne soit pas vrai ».

Mais en même temps que toutes ces pensées lui traversaient l'esprit, elle se demanda ce qu'elle craignait le plus… que le tueur soit toujours en liberté, ou que Matthieu Deschamps ait passé des années derrière les barreaux pour rien…

Alice, qui voyait son trouble grandir, continua :

« Clara, je crois que tu devrais accepter de parler à Matthieu.

— Ça, jamais ! C'est hors de question ! Ecoute, tu le crois innocent ? Soit ! Mais tant que tu ne m'auras pas apporté la preuve de cette innocence, il reste à mes yeux le seul responsable de la mort de toute ma famille… et il est absolument inenvisageable que je m'approche de lui. »

Elle marchait à présent de long en large dans la pièce, tel un lion en cage. Alice prit la bouteille de rosé qui se trouvait près d'elle et remplit à nouveau leurs verres. Elle tendit le sien à Clara en lui faisant signe de revenir s'installer sur le canapé.

« Tu as raison, pour le moment, ce ne sont que des suppositions. Viens donc te rasseoir et finissons de déguster ce délicieux rosé ! Nous n'allons pas passer toute cette belle soirée à ressasser le passé ! Voilà donc ce que je te propose : je vais rappeler mon ami à Paris pour essayer d'obtenir des informations complémentaires. J'essaierai aussi de me renseigner discrètement dans le village pour en savoir plus. Nous verrons bien où cela nous mène. Et si je découvre quelque chose d'important, je t'en parlerai. Tu es d'accord ?

— Si tu veux, mais honnêtement, je pense que tu perds ton temps. »

Alice comprit que Clara n'avait pas vraiment la force de lui dire non, mais qu'à ses yeux, Matthieu restait bel et bien le seul coupable. Elle leva son verre dans sa direction avec un large sourire. Il lui faudrait avancer avec prudence si elle ne voulait pas blesser Clara ou risquer de briser leur amitié naissante.

Le 4x4 rouge quitta la route goudronnée pour s'engager dans le chemin boueux ; il avait plu pendant la nuit précédente, et les chemins forestiers étaient presque impraticables par endroit. Puis, après une centaine de mètres qui lui parurent durer une éternité, Alice aperçut enfin le chalet qu'elle cherchait. Il tombait presque en ruine et la trentenaire fit la moue. Elle se gara devant et sortit du véhicule. Un rapide tour d'horizon lui donna l'impression que personne n'était là, mais à tout hasard, elle alla toquer au carreau de la porte située au rez-de-chaussée. Sans succès. Elle recula de quelques pas et leva les yeux vers la façade. C'était l'un de ces chalets anciens, typique de la région, avec sa base montée en pierres, et à mi-hauteur son balcon en bois foncé entièrement sculpté qui courait sur toute la largeur du bâtiment. Un escalier, en bois lui aussi, permettait d'y accéder. Dans une vie antérieure, il avait dû être magnifique. Dommage que l'actuel propriétaire ne l'ait pas plus entretenu… Elle grimpa les marches et une fois sur le balcon, scruta l'intérieur des lieux à travers les carreaux. Mais aucun signe de vie. Elle s'accouda sur la vieille balustrade en bois, quand un craquement la fit précipitamment reculer contre la façade du chalet. Sa respiration s'était accélérée sous l'effet de la peur.

« Pas très solide tout ça ! »

L'espace d'un instant, elle avait bien cru que tout allait s'effondrer sous son poids. Avec précaution, elle retourna jusqu'à l'escalier et redescendit devant le chalet.

« Eh oh ! Y'a quelqu'un ? »

Elle renouvela sa question en haussant la voix, mais face au silence persistant, elle conclut ses tentatives d'un « et flûte ! » rageur. Elle contourna le bâtiment, espérant encore trouver le propriétaire des lieux. Mais rien. L'arrière du chalet était assombri par une végétation encore très dense malgré l'automne et l'on ne voyait pas grand-chose dans la pénombre. Elle finit par faire volte-face, résignée à regagner son 4x4, mais poussa un hurlement.

« Arrêtez de hurler, espèce de folle ! »

Un vieillard à l'œil plus que revêche pointait sur elle un fusil de chasse qui devait avoir le même âge que son propriétaire. Alice crut s'évanouir de peur.

« Qu'est-ce que vous fichez ici ? Vous savez donc pas lire ? C'est une propriété pri-vée !!! Ça sert à quoi si je mets des panneaux et que personne les lit, hein ? »

Il criait en parlant. D'un geste du canon, il lui fit signe de passer devant lui pour regagner la cour en pleine lumière.

« Et d'abord, vous êtes qui au juste ?

— Je suis la boulangère, Monsieur Martial ! Vous ne me reconnaissez pas ?

— Ben voyons ! Et moi, j'suis l'cordonnier, tiens ! Arrêtez de vous payer ma tête, jeune dame ! »

L'homme restait menaçant et Alice sentait des gouttes de sueur perler sur son front malgré la fraîcheur du jour. Enervé comme il semblait, un mauvais geste était vite arrivé et elle craignait qu'il ne finisse par lui tirer dessus, même par erreur. Déjà qu'il ne la reconnaissait pas…

« Ecoutez, je suis juste venue parce que je voudrais discuter avec vous…

— Ah oui ? Et de quoi vous voulez qu'on cause ? »

Il avait relevé son fusil et il l'observait à présent, les sourcils froncés, mais le regard empreint de curiosité. Alice comprit qu'elle avait réussi à capter son attention.

« Ça fait quelques temps que j'entends des histoires bizarres à propos de ce qui s'est passé il y a une quinzaine d'années…

— J'ai rien à vous dire ! Fichez l'camp ! »

Il dirigea à nouveau son fusil en direction d'Alice, qui recula d'un pas, les mains levées. Elle décida de tenter le tout pour le tout.

« Arrêtez de pointer ce truc sur moi, Monsieur Martial ! C'est le vieux Sam qui m'a dit de passer.

— Quoi ? Mais il a perdu la tête, ce vieux débris !

— Je veux juste discuter un peu… et après c'est promis, je m'en irai. »

Le vieux Martial continuait de la fixer, semblant vraisemblablement hésiter entre l'envie de la chasser à coup de plombs dans son joli derrière, et la curiosité qui le tenaillait à présent. Car après tout, si Samuel Chapuis la lui avait envoyée, il se pouvait bien que la discussion l'intéresse et constitue pour lui une belle occasion d'occuper sa journée. Il baissa finalement le fusil vers le sol. Alice sentit qu'elle avait gagné.

« Bon allez, dites-moi pourquoi vous êtes là… J'suis tout ouïe.

— Je voudrais vous parler de Matthieu Deschamps. »

Le vieil homme fronça à nouveau les sourcils. Alice poursuivit :

« J'aimerais que vous me disiez ce que vous pensez de lui.

— Laissez-le donc où il est, le Matthieu… »

Ses épaules s'étaient soudain affaissées, en même temps qu'il prononçait ces mots. Son regard prit une expression désolée. Alice continua.

« Vous savez qu'il est revenu ?

— Vous m'prenez pour qui ? Un ermite ? Bien sûr que j'le sais ! »

Il la fusilla du regard.

« Fichez-lui la paix ! Il en a assez bavé à cause de la garce !

— De qui parlez-vous ? De Clara Ducret ?

— Mais non, celle-là c'était encore la seule qui valait la peine qu'il s'y intéresse, tiens ! Non, non, c'est de sa sœur, la Céline, dont j'parle. Je vous jure, elle les faisait tous tourner en bourrique ces gamins, et ça galopait, tiens ! Matthieu, c'était pas un mauvais bougre. Il méritait pas tout ça… »

Il soupira et repartit alors vers son chalet en parlant tout seul, son fusil toujours à la main, mais semblant avoir complètement oublié la présence de la jeune femme. Alice soupira, dépitée. Elle comprit qu'il ne servirait à rien d'insister. Tout au mieux prendrait-elle le risque, cette fois, bien plus sérieux, d'une volée de plomb, et elle ne tenait pas à tenter le diable. Elle quitta donc les lieux à son tour, songeuse. Interroger des habitants présents à l'époque des faits ne serait pas une mince affaire. Le sujet semblait tabou et les bouches resteraient certainement closes. Clara repartirait bientôt pour Paris, et Alice aurait aimé trouver une piste avant son départ, histoire de faire avancer la situation…

Arrivée devant chez elle, Alice se gara sur sa place de parking et éteignit phares et moteur. Perdue dans ses pensées, elle sortit du véhicule et se dirigea machinalement vers la porte qui jouxtait la boulangerie. C'est là qu'elle habitait. Elle attrapa à l'aveuglette ses clés dans son sac à main, et gênée par l'absence de lumière, chercha la serrure à tâtons. La nuit était tombée rapidement pendant son trajet du retour et on n'y voyait plus rien. Elle chercha son téléphone portable dans son sac pour s'éclairer avec, mais se sentit alors plaquée violemment contre le bois de la porte. Une main la saisit par le cou, tandis qu'une autre s'était posée brusquement sur sa bouche pour l'empêcher de crier. Elle était bloquée et ne pouvait rien faire. Un souffle chaud et rapide passa sur sa nuque, puis s'approcha de son oreille. La panique l'envahit.
« Ecoute-moi bien, sale petite fouineuse… si tu veux continuer à vendre ton pain dans ce village, tu ferais mieux d'arrêter de poser des questions. Tu nous fatigues,

tu comprends ? Personne n'a envie de voir le passé ressurgir et tu risques de gros ennuis si tu t'acharnes. Tu saisis le message ? T'as compris ? »
L'homme, car c'était bien un homme qui était en train de l'agresser, la secoua avec force sans la lâcher. Elle acquiesça mollement de la tête, tétanisée par la peur.
« Bien... alors maintenant je t'explique : tu gardes ta tête gentiment tournée vers la porte et tu comptes jusqu'à cent, comme les gosses, avant de rentrer chez toi. Pendant ce temps, moi je m'en vais, mais si jamais tu essaies de te retourner avant d'avoir fini de compter, je reviens et je te casse ta jolie petite tête brune pour de bon. OK ? »
Alice acquiesça encore.
« Et n'oublie pas, à partir de maintenant, je te surveille de près... »
L'étreinte se desserra et l'agresseur partit d'un pas rapide. Alice resta sans bouger jusqu'à ce qu'elle ait terminé de compter, le cœur battant la chamade dans sa poitrine. Elle tenta à nouveau de trouver la serrure et soupira d'aise en sentant la clé s'y glisser sans difficulté, cette fois. Elle poussa la porte, s'engouffra à l'intérieur et referma précipitamment la porte à double tour derrière elle. Epuisée, elle se laissa glisser sur le sol et resta un long moment assise par terre, les coudes appuyés sur ses genoux et la tête entre ses mains, jusqu'à ce que sa respiration reprenne enfin un rythme plus régulier.
Même à Paris, elle n'avait jamais été agressée ! Elle se releva lentement, gagna la cuisine, puis le salon pour

fermer tous les volets. Une fois calmée, elle attrapa son téléphone et appela Clara pour lui raconter ce qui venait de se produire et lui recommander d'être elle aussi très prudente de son côté. On ne savait pas ce qui pouvait arriver. Lorsqu'elles eurent raccroché, elle appela la gendarmerie. L'opératrice qui prit son appel lui dit de ne pas paniquer et de ne pas sortir jusqu'à l'arrivée de l'équipe d'intervention. Un quart d'heure plus tard, deux hommes en uniforme se tenaient dans le salon et l'écoutaient leur relater son agression et le contexte qui allait avec. Ils prirent immédiatement sa plainte et l'un d'eux rappela le centre opérationnel, afin qu'une unité de patrouille soit aussitôt détachée pour tenter de retrouver l'agresseur d'Alice.

« Je suis persuadée que mon agression est liée à ce qui s'est passé il y a quinze ans. Pensez-vous que ce qui vient d'arriver pourrait permettre de faire rouvrir une enquête ?

— C'est possible. En attendant, nous vous demandons de ne plus prendre de risques. Dans votre propre intérêt, prenez vos distances avec cette affaire. Et vous ne pouvez pas rester seule ce soir. Avez-vous quelqu'un chez qui dormir ou qui puisse venir ici, au moins pendant quelques jours ?

— Je peux peut-être demander à mon amie Clara de venir ce soir… et oui, j'aurai certainement une solution pour les prochaines nuits…

— Dans ce cas, appelez-la. Nous restons avec vous jusqu'à son arrivée. »

Alice hocha la tête, dépitée. Depuis deux jours, elle avait cessé de monter dormir chez sa nouvelle amie, car cela était devenu trop compliqué pour elle, avec la boulangerie à tenir. Clara avait bien compris, mais Alice se dit qu'elle aurait mieux fait de continuer ses trajets encore un peu ! Elle rappela son amie, qui accepta aussitôt de venir la rejoindre. Une demi-heure plus tard, elle sonnait à la porte.

Les gendarmes les saluèrent avant de prendre congé, en renouvelant à Alice quelques conseils de prudence et après lui avoir assuré encore une fois que l'affaire serait prise très au sérieux. Après leur départ, les deux trentenaires restèrent silencieuses. Clara se proposa pour préparer un encas, mais aucune d'elles n'avait très faim en réalité. Alice s'enveloppa dans une grande couverture de laine et se blottit devant le petit poêle de son salon, tandis que Clara se plongeait dans un livre. Tout cela ne laissait rien présager de bon. Cette agression semblait venir confirmer le fait que Matthieu Deschamps n'était certainement pas le seul à avoir été impliqué dans le drame survenu autrefois…

Cette nuit-là, Alice eut un sommeil très agité. Mais comment aurait-il pu en être autrement ? Le moindre craquement la faisait bondir et rallumer sa lampe de chevet, pour vérifier qu'il n'y avait personne d'autre qu'elle dans sa chambre.

Le lendemain, fatiguée par cette longue nuit entrecoupée de réveils en sursaut et de courtes périodes de sommeil,

Alice avait fini par se résoudre à afficher un panneau « Fermeture exceptionnelle » sur la vitrine de la boulangerie. Clara l'avait accompagnée aux aurores, avant de remonter chez elle. Mais Alice s'était vite aperçue qu'elle ne serait vraiment pas en état de tenir la boutique. Elle avait bien essayé de faire une fournée, mais le résultat avait été pathétique. Elle s'était donc résignée à ne pas ouvrir.

Un peu plus tard dans la journée, elle se rendit chez le vieux Sam pour lui raconter ce qui s'était passé la veille au soir. Celui-ci eut un regard empreint de beaucoup d'inquiétude à son égard, et lui conseilla d'un ton bourru d'arrêter de poser des questions à tout-va.

« Alice, certains villageois sont venus me voir pour me dire que vous posiez beaucoup de questions sur ce qui est arrivé… Ça n'est jamais bon de remuer le passé, d'autant qu'ici les nouvelles vont vite. Si vous avez été agressée, c'est que quelqu'un aura eu vent de votre action… Quelqu'un que ça dérange visiblement beaucoup… Laissez tomber tout ça…

— Mais Sam, pourquoi devrais-je abandonner ? Ce qui vient de se passer prouve que Matthieu Deschamps n'était certainement pas le seul à risquer d'aller en prison ! Et donc que la vérité n'est pas celle que l'on croit !

— Ecoutez, cette histoire n'a de toute façon jamais été claire, mais je ne pense pas que faire remonter les choses à la surface maintenant soit une bonne idée ! Que se passera-t-il la prochaine fois ? Vous risquez de gros ennuis, voire même votre vie ! Enfin, vous en êtes consciente tout de même ?

— Sam, si vous savez quelque chose, vous devez m'en parler ! Cet homme a peut-être perdu quinze ans de sa vie et toute sa fierté !

— Je ne sais rien de plus que n'importe qui dans ce village !

— Mais dans ce cas, peut-être que tous les habitants de ce village en savent plus qu'ils ne veulent le dire, non ? » Elle le fixa avec défiance. Mais le vieux Sam ne répondit rien. Il la salua d'un signe de tête et retourna sans mot dire à ses occupations, la laissant plantée devant son chalet. Alice serra les poings, de rage, face à son mutisme. Décidément, les gens d'ici pouvaient se montrer vraiment bornés !

Elle remonta dans son 4x4 et fonça chez Clara, qu'elle trouva dans la cuisine en train de conseiller les jeunes ouvriers. Ils avaient déjà fait du bon travail. Les chambres, le hall et la bibliothèque avaient retrouvé une seconde jeunesse.

Clara était contente de se sentir bien dans sa maison à présent. Même si ses vacances touchaient à leur fin. Elle était là depuis presque trois semaines, et appréciait de plus en plus la présence d'Alice. En la voyant apparaître dans l'embrasure de la porte, un sourire illumina son visage.

« Ça va ? »

Alice hocha la tête tout en restant silencieuse.

« Tiens, dis-moi ce que tu en penses !

— De quoi ?

— La cuisine… je veux la peindre en jaune tournesol. Ça lui donnera un air plus gai. Plus tard, je remplacerai les carreaux sur ce mur et au sol. Mais ça ne presse pas…

— Ça ne risque pas d'être un peu « too much » ? »

Mais devant la mine déçue de sa nouvelle amie, Alice s'empressa d'ajouter :

« Bon, en même temps, ça peut fonctionner. Et si toi, tu aimes, c'est le principal. Mais dis-moi, ça veut dire que tu ne la vends plus ?

— En tout cas, plus pour le moment. Je crois que je vais attendre encore un peu… »

Elles laissèrent les ouvriers à leurs tâches et descendirent dans le jardin.

« Les gendarmes t'ont rappelée aujourd'hui ?

— Non, pas encore. Je pense qu'ils vont être aussi perdus que moi sur ce coup… Je ne pense pas qu'ils trouvent quoi que ce soit, pour être franche. Mon agresseur est un malin… et s'il ne s'est pas fait prendre dans les mailles du filet à l'époque, je doute qu'il se laisse faire facilement aujourd'hui. Si ce n'est pas un nouveau protagoniste dans l'affaire, en plus de ça !

— Que veux-tu dire ?

— Il pourrait avoir été enrôlé ponctuellement pour me faire peur, sans être directement lié à ce qui s'est passé autrefois.

— Et que penses-tu faire maintenant ?

— Je vais continuer de chercher des indices, plus discrètement. De toute façon, plus le temps passe et plus je suis persuadée que quelqu'un risque gros si l'enquête est rouverte. En plus, tout le monde se renferme dès que j'essaie d'aborder le sujet. Je vais devoir m'y prendre autrement...

— Alice, je ne pense pas que ce soit une bonne idée... qui sait ce que ce fou peut tenter la prochaine fois ? Ecoute, il vaut mieux en rester là... »

Alice resta silencieuse. Elle voyait que Clara avait peur pour elle, mais la seule idée qu'un homme innocent ait pu passer des années derrière les barreaux à la place d'un autre la poussait à ne pas lâcher prise.

« Tu pars quand ?

— À la fin de la semaine.

— Et tu penses revenir bientôt ?

— Je ne sais pas encore... Probablement à Noël. Je me dis que ce serait sympa... si tu es là bien sûr...

— Oui, je serai là. C'est une période toujours importante pour la boulangerie...

— Super... Je t'appellerai avant pour en parler, dans ce cas. On se voit toujours demain ?

— Oui. »

À la fin de la semaine, Clara descendit saluer son amie, puis déposa un jeu de clés chez le vieux Sam avant de quitter la Haute-Savoie et de remonter à Paris.

À qui profite le crime ?

Alice reprit son rythme habituel. Levée aux aurores pour préparer ses fournées, puis présente à la boulangerie de sept heures à treize heures trente environ, puis en pause jusqu'à seize heures. Avant de reprendre, ou de confier à une aide ponctuelle, l'accueil des clients jusqu'en début de soirée.

L'absence de Clara lui laissa soudain beaucoup plus de temps libre, et elle s'aperçut qu'en quelques semaines à peine, leur amitié avait pris une grande place. Quelques jours après le départ de Clara, Alice reçut un énorme paquet par la poste. Son ami de Paris lui envoyait une copie plus complète du dossier Matthieu Deschamps. Au total, mille cinq cents pages à relire. Elle entreprit de surligner tous les passages qui l'intéressaient ; cela lui prit des soirées entières.

À la boulangerie, elle espérait toujours voir Matthieu Deschamps franchir sa porte pour lui acheter du pain, mais cela n'arriva pas. Même au marché, elle ne le vit plus. Elle savait qu'il était toujours chez lui car elle prenait régulièrement la route qui surplombait son

chalet. Le mince filet de fumée qui s'échappait de la cheminée confirmait sa présence. Un jour, finalement, elle se décida à lui rendre visite. Puisqu'il ne venait pas à elle, elle irait à lui ! Munie d'une énorme miche de pain, et après s'être assurée que le jeune chien était bien attaché, elle descendit le chemin qui menait au chalet. De joyeux aboiements saluèrent son approche. Matthieu Deschamps apparut sur la terrasse.
« Bonjour. »
Il hocha la tête pour toute réponse.
« Comme j'avais l'impression que vous ne mangiez plus de pain, je vous en ai apporté… »
Elle sortit le gros pain du sac de toile dans lequel elle l'avait enveloppé, et le lui tendit. Il le prit, l'approcha de son visage, et en respira profondément l'odeur. Un sourire apparut sur ses lèvres.
« C'est gentil de votre part… mais il ne fallait pas…
— Oui, j'imagine que vous seriez bientôt venu à la boulangerie… »
Il rit. Le voir de si bonne humeur la frappa. Cela lui donnait un air si différent de l'image qu'il lui avait offerte jusqu'à présent.
« Vous voulez entrer un moment ?
— Avec plaisir. »
Elle le suivit à l'intérieur. La cheminée allumée diffusait une chaleur douce à travers la pièce. Les flammes crépitaient joyeusement. Matthieu Deschamps saisit le tisonnier et s'agenouilla devant l'âtre pour remuer le feu et l'attiser.

« Et mis à part le fait que vous ne mangez jamais de pain, à quoi occupez-vous vos journées ?

— En quoi cela vous intéresse-t-il ? »

Il revenait sur la défensive.

« Eh bien, je me demandais si une promenade vous tenterait… Je ne connais pas grand-monde au village pour m'accompagner en balade. Et puis… depuis mon agression…

— Votre agression ? »

Il se retourna et la fixa, surpris.

« Oui… Il y a quelques semaines, alors que je rentrais chez moi, un homme m'a attaquée et menacée de me tordre le cou si je n'arrêtais pas de poser des questions à votre sujet et au sujet de ce qui s'est passé il y a quinze ans… »

Il cessa de remuer les braises, reposa le tisonnier et se leva. Son visage était blême.

« Que voulez-vous dire ? Pourquoi vous intéressez-vous à moi ?

— Parce que je voulais savoir qui vous étiez !

— Savoir qui j'étais ? Regardez le résultat ! Et pourquoi ne m'avez-vous pas parlé de cette agression plus tôt ?

— Je pensais que nous nous reverrions à la boulangerie. Mais comme vous n'êtes pas venu…

— Je suis désolé. Si j'avais su, bien sûr que je serai venu. Ne croyez pas que savoir la vie d'autrui en danger à cause de moi puisse me laisser indifférent ! »

Elle l'observa : une ride de mécontentement s'était formée entre ses sourcils. Il semblait en colère. Mais elle avait réussi à l'amener sur le sujet et elle ne le lâcherait plus.

« Alors, dans ce cas, aidez-moi. J'aimerais vraiment connaître votre version de l'histoire. Vous connaître, vous ! Il parait que vous avez toujours clamé votre innocence. Mais si vous êtes innocent, pourquoi ne vous battez-vous pas ? Je ne comprends pas…

— Je n'ai plus envie de me battre. Je me suis battu à l'époque, j'ai crié haut et fort que je n'étais pour rien dans l'assassinat des Ducret, mais personne ne m'a écouté. Pendant encore cinq ans, en prison, j'ai lutté et tout essayé. Mais j'étais complètement seul, et même mon avocat ne croyait pas en moi. Alors j'ai baissé les bras et j'ai laissé le destin s'accomplir. Je me suis tenu à carreau, j'ai pris le parti de prouver à la société qu'elle s'était trompée, en lui montrant simplement qui j'étais vraiment au quotidien. Les tests psychiatriques et mon comportement ont vite démontré que mon profil ne correspondait pas à celui d'un meurtrier. Mon psychiatre a fait des rapports réguliers au juge et il y a six mois, avec son appui, j'ai fait une demande de libération anticipée, avec contrôle judiciaire et obligation de rester dans la région. Le juge a accepté. Je leur ai dit que je resterai dans mon chalet familial. J'ai le droit de me déplacer dans le département, mais j'évite d'aller au village parce que, d'une part je n'ai pas envie de relancer le débat et les ragots, et d'autre part, je ne me sens pas encore totalement capable d'affronter les gens. Il n'y a qu'à voir comment ça s'est passé la fois où je suis venu à Comancy et où nous nous sommes rencontrés… C'est mon choix. Aujourd'hui, vous débarquez et vous me demandez de faire ressurgir les démons du passé ? Eh bien non, je ne veux pas. J'en ai assez bavé. Alors soyez gentille, laissez les mauvais souvenirs où ils sont, et suivez le conseil de votre agresseur. Arrêtez de poser des questions.

— Alors vous préférez remballer votre fierté et vous laissez insulter par toute la région ? Rester caché et vivre comme un ermite en allant pointer chaque semaine et en n'étant jamais libre de vos mouvements ? Belle philosophie que voilà ! Et après ? À quoi croyez-vous que votre vie va ressembler ? De quoi vivrez-vous ? On vous regardera toujours de travers. Et votre vie personnelle, qu'en faites-vous ? C'est un peu lâche comme attitude, vous ne croyez pas ? »

Elle vit la colère monter en lui. Un instant, elle prit peur. À le secouer comme ça, elle pouvait déclencher une forme de violence de sa part, bien cachée jusqu'alors. Mais il n'explosa pas. Il reprit le tisonnier et se remit à remuer machinalement les braises. Ce qu'elle venait de voir prouvait définitivement à Alice que Matthieu Deschamps n'était pas quelqu'un pouvant perdre facilement le contrôle de lui-même, contrairement à ce qu'elle avait pu lire dans les comptes-rendus du procès. Ou alors, il avait vraiment appris à se maîtriser en prison…

« Il vous a blessée ?

— Pardon ?

— Votre agresseur… il vous a blessée ?

— Non… il y a eu plus de peur que de mal… Il s'est juste

contenté d'une première approche et d'un premier avertissement, je suppose.
— Et rien de plus ?
— J'ai retrouvé les pneus de ma voiture percés par une lame de couteau la semaine dernière. Et aussi une peau de lapin ensanglantée sur le pas de porte de la boulangerie, le week-end dernier. Je sais bien que c'est la période de la chasse, mais je doute qu'un chasseur l'ait oubliée là par erreur... et en même temps, je n'ai aucune preuve que ces évènements soient liés à mon agression... »
Il se passa les mains dans les cheveux, soudain plus nerveux en entendant les derniers mots d'Alice. Elle reprit :
« J'ai pu discuter avec Monsieur Martial. Je sais qu'il avait témoigné en votre faveur au procès.
— Ce vieux débris ? Si j'étais vous, je l'éviterais. Même s'il a voulu m'aider à l'époque, c'est un vieux renard, et pas toujours très honnête... Mais revenons à votre agresseur... je suis vraiment désolé, d'autant plus si j'en suis la cause. Vous avez une idée de qui cela pouvait être ?
— Non. Comment le pourrais-je ? Je sais juste que c'était un homme, grand et très musclé, vu la force avec laquelle il a maintenu mes bras. Il avait une voix très grave... et il fume, car son haleine empestait le tabac. Je lui donnerais au moins... la soixantaine, je dirais... »
Ils se regardèrent en silence pendant quelques minutes. Elle percevait une forte tension en lui. Mais il ne semblait pas vouloir partager ce qu'il ressentait ou pensait. Elle vit qu'il était inquiet, mais pour qui ? Pour lui ? Pour elle ?

Pour Clara, peut-être ? Le mystère restait entier et elle devait trouver une manière de le mettre en confiance, de faire en sorte qu'il arrive à lui parler… Elle décida de changer de sujet. Pour qu'il accepte de s'ouvrir à elle, peut-être fallait-il qu'il apprenne à la connaître encore un peu plus. Cela prendrait certainement un peu de temps, mais Alice venait de comprendre qu'il faudrait en passer par là si elle souhaitait le voir se confier à elle. Elle devait changer de tactique. Elle relança donc sa proposition de balade.

« Vous allez souvent en montagne ?

— Oui. J'aime pouvoir prendre de la hauteur.

— Vous accepteriez de m'emmener avec vous ?

— Pourquoi ?

— J'ai toujours vécu à Paris. Alors ici, tout me semble magnifique. Malheureusement, je ne connais pas suffisamment la région, et encore moins la montagne, pour oser m'aventurer toute seule vers les sommets. Les lundis, je ne travaille pas et j'aimerais pouvoir profiter un peu plus de toute cette beauté… »

Il l'observa un instant. Elle lui sourit, comme pour l'encourager.

« Très bien. Après tout, pourquoi pas… Vous avez l'habitude de marcher ?

— Eh bien… je pense que je ne me débrouille pas trop mal. J'ai fait pas mal de randonnée dans le passé. Mais soyez indulgent avec moi.

— Ne vous inquiétez pas. Tentons une première sortie d'une après-midi. Je vous promets que ce ne sera pas l'Everest. »

Il sourit.

« Super. Je passe vous prendre lundi prochain vers treize heures ? Ça vous va ? »

Il acquiesça et la raccompagna jusqu'au petit 4x4 rouge. Elle reprit la route, tout en l'observant dans son rétroviseur. Il resta debout sans bouger à la suivre du regard, jusqu'à ce qu'elle disparaisse dans le virage suivant. Elle se mit alors à fredonner. Avoir réussi à pousser une première porte la rendait joyeuse. Elle savait qu'elle jouait malgré tout un rôle dangereux, car rien ne prouvait encore qu'il ne soit pas le tueur qu'on prétendait. Si tel était le cas, elle mettait sa vie en danger. Mais si elle trouvait des pistes pour prouver son innocence, elle permettrait peut-être à cet homme, qu'elle sentait si désemparé, d'avoir un avenir.

Le lundi matin suivant, Alice patientait dans la salle d'attente d'un cabinet d'avocats d'Annecy. C'est là que travaillait Maître Thomas Dubec, l'avocat qui avait défendu Matthieu Deschamps. Elle avait pris rendez-vous sans préciser les vraies raisons de sa venue. Assise dans une petite pièce, elle feuilletait un magazine en attendant son tour. L'avocat avait du retard. Il était à présent dix heures trente, et Alice commençait à s'impatienter. D'une part parce qu'elle avait sacrifié une grasse matinée pour ce rendez-vous, et d'autre part parce qu'elle ne voulait pas être en retard pour sa sortie prévue avec Matthieu Deschamps.

Finalement, un petit homme rond, et rouge d'avoir couru, fit son apparition dans le hall, criant à la secrétaire de faire entrer son prochain rendez-vous. Alice se leva et suivit la femme jusque dans le bureau du petit homme. Il lui serra la main sans la regarder, et la pria de s'asseoir.
« Alors, dites-moi ce qui vous amène chez nous…
— Matthieu Deschamps… »
L'avocat se figea sous ses yeux.
« Matthieu Deschamps ? Vous le connaissez ?
— Oui, je le connais. »
L'homme contourna son bureau pour s'asseoir, en silence. Il la fixa un instant, cherchant visiblement à juger des intentions réelles de sa visiteuse. Alice le sentit tendu.
« C'est une vieille histoire… une sale affaire…
— Je suis au courant de ce qui s'est passé.
— Ah oui ?
— Oui. Et la raison de ma présence est très simple. Je suis une amie de Matthieu. Une amie proche. Et avant de m'engager plus avant dans ma relation avec lui, je souhaite savoir à qui j'ai affaire. Vous comprenez ? Votre avis me serait très précieux… »
Alice avait bien compris qu'elle allait devoir la jouer finement. L'avocat arborait un air méfiant, ce qui ne fit qu'attiser sa curiosité. Il fallait le rassurer si elle voulait qu'il baisse sa garde et lui parle. Elle lui adressa son regard le plus innocent et enjôleur possible, avant de reprendre en minaudant :
« Qui, mieux que vous qui avez été son avocat, le connaît par rapport à cette période de sa vie ? Je voudrais que

vous me disiez ce que vous avez pensé de lui à l'époque. Quel genre d'homme il était… »

Elle sentit la nervosité redescendre d'un cran chez le petit homme joufflu. Le charme d'Alice semblait agir. Il s'épongea le front avec un mouchoir et se racla la gorge : « Oui, je comprends… eh bien, c'était une personne malade. J'ai dû plaider la folie passagère pour limiter les dégâts. Il a été traité et suivi par un psychiatre pendant son incarcération. Vous le savez sans doute… Et je dois avouer que j'ai été content de constater que ma décision avait été la bonne. Grâce à cela, Matthieu Deschamps a pu sortir plus tôt que prévu et j'imagine, puisque vous êtes ici, qu'il fait bon usage de cette seconde chance que lui donne la vie… Mais, pour revenir à votre demande… Il donnait l'impression d'être quelqu'un de serviable et d'agréable, mais sous cette personnalité de façade, il n'était pas si facile à cerner, en réalité. Il a d'ailleurs été déclaré coupable des faits qui lui étaient reprochés.

— Et vous pensez qu'il a vraiment tué ces personnes ?

— Écoutez, cet homme a eu de la chance de s'en tirer aussi bien. Je ne voudrais pas l'enfoncer un peu plus, mais je vous signale que tous les témoignages et toutes les preuves concordaient…

— Mais on peut maquiller des preuves, n'est-ce pas ? »

L'avocat haussa les sourcils et Alice sentit aussitôt sa méfiance et son stress revenir. Le ton de sa voix se durcit. « Cela voudrait dire que ni les gendarmes ni moi n'aurions fait correctement notre travail à l'époque, Madame ! Non, je vous le répète, il était coupable. Je n'ai eu aucun doute sur la question au moment des faits, et, ne m'en veuillez pas, je n'en ai toujours aucun aujourd'hui. De plus, croyez-moi, il n'a rien fait non plus pour m'aider à prouver le contraire. Maintenant, je vais vous demander de bien vouloir m'excuser, mais mon prochain rendez-vous m'attend. J'ai été ravi d'échanger avec vous. Passez mon bonjour à Monsieur Deschamps et dites-lui que je lui souhaite pleine réussite dans sa nouvelle vie. Vous m'avez l'air d'être une charmante personne, et il a beaucoup de chance, me semble-t-il, de vous avoir rencontrée ! Cependant, je ne peux que vous recommander la plus grande prudence quant à votre relation avec cet homme… »

Il se leva un peu trop précipitamment au goût d'Alice, pour lui indiquer la sortie. Elle murmura un « Merci, au revoir » et quitta rapidement le cabinet, sans même saluer la secrétaire.

À peine l'avait-elle quitté, que l'avocat attrapait son téléphone et composait un numéro.

« Allô ? C'est Dubec. Je viens d'avoir de la visite. La boulangère, celle qui met son nez partout, elle est venue ici ! Je croyais que tu avais réglé le problème ? Ah oui ? Eh bien, débrouille-toi, mais je ne veux plus qu'elle revienne ! C'est bien compris ? Tu connais la situation… je ne veux pas courir le moindre risque ! »

Il reposa le combiné, furieux.

Pendant ce temps, Alice avait rapidement fait le tour du bâtiment, ce qui lui avait pris à peine une minute, pour se poster sous la fenêtre du bureau de l'avocat, situé au rez-de-chaussée.

De là, elle avait vu le petit homme parler au téléphone. Et à le voir gesticuler comme il le faisait, elle en déduisit aussitôt que cet appel pouvait certainement avoir un lien avec sa visite de l'instant. La discussion fut brève. L'avocat raccrocha, se passa la main dans les cheveux, visiblement très mécontent, puis se laissa tomber dans son fauteuil. Alice s'éloigna ; rester ici ne lui apporterait rien de plus.

Elle se rendit ensuite à la mairie. L'employé qui l'accueillit était des plus sympathiques et elle entama la conversation. Elle lui raconta qu'elle cherchait un avocat et avait entendu parler de Maître Dubec.

« Maître Dubec ? C'est un très bon avocat...

— Pouvez-vous me parler un peu de lui ?

— Eh bien, il vit ici depuis au moins vingt ans. Il doit sa renommée à l'affaire Matthieu Deschamps. À l'époque, il a réussi à obtenir une peine moins lourde pour son client. Et croyez-moi, ça n'était pas gagné ! Après le procès, le cabinet dans lequel il travaille s'est beaucoup développé grâce à lui. Depuis, il est devenu l'un des associés principaux.

— Alors d'après vous, il doit sa carrière à ce procès ?

— Ah ça oui ! Je pense qu'il a eu de la chance, si on peut dire, que cette affaire se passe dans la région... il y a gagné sa notoriété... après cela, toutes les personnes qui cherchaient un bon avocat venaient le voir, lui ! Vous pensez bien !

— Effectivement, il semble avoir eu beaucoup de chance.

Je vous remercie pour tous ces renseignements. Bonne journée. »

Alice sourit intérieurement et regagna sa voiture. Il était onze heures trente ; elle avait tout juste le temps de rentrer se préparer pour sa promenade de l'après-midi. Une fois chez elle, elle ouvrit le tiroir de sa commode et en sortit un petit revolver de défense qu'elle possédait depuis des années. Un reste de son ancien métier… dont elle n'avait jamais pu se résoudre à se débarrasser, et pour lequel elle avait toujours un permis de détention. Elle le chargea et le glissa dans une poche discrète de son sac à dos. Elle enfila ensuite son pantalon de randonnée, un T-shirt et un petit pull en polaire, et sauta dans ses chaussures de marche, qu'elle laça à toute vitesse. Puis elle attrapa une veste, son sac à dos et une gourde, et quitta l'appartement pour passer chercher son guide.

Comme convenu, celui-ci l'attendait dans le virage. Il lui fit des signes de la main dès qu'il vit apparaître le 4x4. Elle s'arrêta à sa hauteur et lui ouvrit la portière.

« Montez ! Je suis vraiment désolée pour le retard ! »

Il sauta sur le siège à côté d'elle et referma la portière. Il portait lui aussi un pantalon de randonnée et une paire de chaussures de marche, qui avait dû faire des milliers de kilomètres. Elle se fit la remarque qu'il était plutôt séduisant habillé ainsi. Il s'adressa à elle :

« Bonjour Alice. Comment allez-vous ?

— Bien, et vous ?

— Je suis descendu au village tôt ce matin. Je sais que vous ne travaillez pas les lundis, mais je suis quand même passé près de la boulangerie… »

Elle serra les dents.

« Oh… c'est dommage, je n'étais pas là ce matin… J'avais un rendez-vous à Annecy… »

Elle espéra qu'il ne verrait pas le trouble qui s'emparait d'elle à cet instant. Mais il ne releva pas. Elle reprit :

« La prochaine fois que vous venez, passez-moi un petit coup de fil avant. Comme ça, je serai sûre de ne pas vous rater.

— Ce sera difficile, je n'ai pas de téléphone.

— Décidément, vous êtes un véritable ermite ! »

Il sourit.

Intérieurement, elle regretta pourtant de ne pas avoir été présente à la boulangerie ce matin-là. Elle devinait sans peine à quel point le jeune homme avait dû prendre sur lui pour faire la démarche de venir jusqu'au village. Et cela la toucha qu'il soit venu pour la voir, elle. Car c'est bien ce qu'elle avait compris, entre les lignes…

Ils roulèrent pendant une vingtaine de minutes, jusqu'à une crête, où Alice gara le 4x4 sur les indications de son compagnon. Puis ils s'engagèrent à pied dans un chemin forestier.

« Vous êtes du genre courageuse.

— Moi ? Pourquoi donc ?

— Oser venir vous promener en pleine forêt avec un ancien taulard, assassin de surcroît…

— Ah, c'est ça… »

Elle s'arrêta de marcher et lui fit face, les mains sur les

hanches.

« Je suis censée avoir peur ? »

Il la fixa, l'air pensif.

« Je pourrais vous agresser, ou vous tuer comme j'ai tué les parents et la sœur de Clara… Y avez-vous songé ?

— Oui. Mais je prends le risque. »

Elle plongea son regard franc dans le sien et y lut comme une sorte d'amusement, en même temps qu'une forme de reconnaissance. Comme s'il la remerciait de ce qu'elle venait de dire.

« Et maintenant, quels sont vos projets ?

— Dans mon cas, c'est difficile d'avoir des projets… Vous savez, je ne peux pas partir où je veux, ni faire ce que je veux. J'ai été libéré pour bonne conduite et parce que mon psychiatre a estimé que j'étais apte à revivre en société. Pour ces crimes, j'aurais dû faire trente ans de prison… Aux yeux de la société tout entière, je reste malgré tout un danger. Et entre mes visites chez mon psychiatre tous les mois et les contrôles judiciaires hebdomadaires, autant vous dire que je suis surveillé de très près. Alors, avoir des projets… c'est encore assez abstrait pour moi…

— Vous n'allez quand même pas rester là, à ne rien faire du reste de votre vie ?

— Loin de moi cette idée… simplement, il est hors de question de trouver du travail par ici.

— Vous allez partir ?

— Pour l'instant, je ne le peux pas. Mais il le faudra bien. La seule chance qu'il me reste d'avoir une vie à peu près normale, ce sera de partir dans un endroit où personne ne me connaît. Assez loin pour que quiconque ne se souvienne de moi ou de cette affaire. Je crois que le jour où je partirai, je ne reviendrai jamais ici… »

Ils s'étaient engagés sur un sentier plus étroit. Les arbres, excepté les sapins, avaient déjà perdu la plupart de leurs feuilles. Le sol était couvert d'un épais tapis d'humus et les pas des deux randonneurs s'enfonçaient doucement et en silence dans les bois. Ils débouchèrent sur une corniche et Alice s'assit sur un rocher pour admirer le paysage grandiose qui s'offrait à ses yeux. Matthieu reprit :
« J'ai aussi réfléchi à ce que vous m'avez dit sur ma fierté… et ma lâcheté. Vous avez certainement raison. Mais je doute qu'après toutes ces années, je puisse arriver à prouver quoi que ce soit.

— Vous avez tort. Justement, avec le temps, les personnes impliquées se méfient souvent moins, ou au contraire ont tellement peur en voyant ressurgir le passé, qu'elles commettent des erreurs. Et puis, parfois, les langues se délient… »

Alice réfléchit quelques secondes. Finalement, peut-être valait-il mieux évoquer l'échange qu'elle avait eu avec Dubec le matin même.

« Je voulais vous dire… Mon rendez-vous de ce matin à Annecy, c'était Maître Dubec.

— Dubec ? Pourquoi diable êtes-vous allée voir mon avocat ?

— Je voulais avoir un autre son de cloche, comme on dit… »

Le visage de Matthieu Deschamps se ferma.

« J'étais curieuse de savoir ce qu'il dirait de vous, je l'avoue. Mais le fait est que je l'ai mis très mal à l'aise en lui parlant de vous. Or, quelle raison aurait-il eu d'être mal à l'aise ? Normalement, aucune. Eh bien, il n'avait pas du tout envie de prolonger notre discussion, et il s'est même très vite débarrassé de moi. Et je peux vous dire que l'appel téléphonique qu'il a passé juste après mon départ avait l'air plutôt virulent. Je ne sais pas à qui il parlait, mais il y a de fortes chances que cela ait eu à voir avec ma visite, et donc avec vous, Matthieu… »

Celui-ci secoua la tête négativement, les mains sur les hanches.

« C'est n'importe quoi. Dubec est un brave homme. Et il a fait tout ce qu'il pouvait pour moi à l'époque…

— Ah oui ? En êtes-vous vraiment certain ? N'aurait-il pas au contraire aidé à vous faire condamner plus facilement ?

— Êtes-vous en train de me dire que Dubec faisait partie d'un complot visant à me faire passer trente ans de ma vie derrière des barreaux ? Désolé, mais là, je n'y crois vraiment pas. Alice, vous vous montez la tête…

— Très bien. Mais dites-moi, si vous n'avez pas tué ces gens, alors qui l'a fait ? »

Il s'approcha d'elle et s'accroupit près du rocher, à ses côtés. Son regard se fit plus intense et il murmura :

« Je vous jure sur ma vie que je n'ai jamais tué personne.

— Ça tombe bien parce que je vous crois.

— Alors pourquoi vous baladez-vous avec un petit

revolver dans votre sac ? »

Alice se mordit la lèvre. Mais Matthieu Deschamps éclata de rire.

« Ne faites pas cette tête ! Vous oubliez que vous avez en face de vous quelqu'un qui vient de passer quelques temps en prison… alors les objets qu'on tente de dissimuler, je connais un peu… Et pour être franc, ça prouve au moins que vous n'êtes pas totalement inconsciente ! Ce qui me rassure plutôt. »

Il s'assit auprès d'elle, créant une proximité à laquelle elle ne s'attendait pas, ce qui déclencha chez elle comme une timidité soudaine. Alice repensa alors, sans savoir pourquoi, à Clara. Que faisait-elle ? Reviendrait-t-elle vraiment pour les fêtes de Noël comme prévu ? Elle s'obligea à reporter son attention sur l'homme à ses côtés.

« Avant le drame, que faisiez-vous dans la vie ?

— J'espérais devenir guide de haute montagne. J'avais commencé une formation pour ça. Mais forcément, c'est tombé à l'eau. Le seul avantage aujourd'hui, c'est que je connais ces montagnes comme ma poche.

— Voyons le bon côté des choses, alors. Vous allez pouvoir me montrer des coins sympas…

— Mais, avec plaisir. Et vous, avant de devenir boulangère ?

— Eh bien… Ça ne va sans doute pas vous plaire, mais j'étais journaliste. »

Il eut un mouvement de recul.

Alice s'empressa d'ajouter :

« Mais j'ai tout laissé tomber. J'en avais assez de cette vie. Finies les planques et les surveillances à n'importe quelle heure du jour et de la nuit ; et finies les situations plus ou moins risquées. Je ne m'occupais pas de la rubrique des chiens écrasés. Ce qui m'intéressait, c'était les homicides… Mais j'en ai eu assez, très sincèrement. Et j'avoue que c'est beaucoup mieux ainsi… J'avais toujours aimé cette région. Mes parents m'emmenaient skier dans le coin quand j'étais petite. Alors, quand j'ai voulu tourner la page, j'ai cherché pendant quelques temps la bonne occasion, avant de trouver et d'acheter la boulangerie. Et je me suis reconvertie.

— Bravo. Je suis impressionné. C'est très radical comme changement…

— Parfois, le changement est nécessaire… Ça a été mon cas. Je crois que j'avais besoin de sauter du coq à l'âne, si je peux dire. Matthieu, je voulais aussi vous dire autre chose. Et j'espère que vous ne vous fâcherez pas… Je connais Clara… Nous sommes devenues amies. »

Le jeune homme lui adressa un regard surpris avant de fixer l'horizon loin devant lui. Quelques secondes de silence s'écoulèrent.

« Comment l'avez-vous rencontrée ?

— Elle est venue un jour à la boulangerie il y a quelques temps de cela. Elle venait d'arriver. Elle prévoyait de mettre sa maison en vente et voulait faire le point, la nettoyer et la restaurer un peu… Je lui ai spontanément proposé mon aide comme elle était toute seule. Elle est restée quelques semaines. Nous avons vite sympathisé, et nous avons eu l'occasion de parler de vous. »

Alice se tut. Son compagnon resta lui aussi silencieux. Autour d'eux, il n'y avait plus que le bruit de la nature. Le vent dans les arbres, quelques chants d'oiseaux. Leurs regards se portaient loin devant, un peu fuyants. Une étrange communion en même temps. Alice finit par rompre leur silence.

« Vous savez, je crois que vous devriez aller la voir.

— J'ai essayé... Je suis passé chez elle. J'avais vu une voiture garée dans la cour, et les volets étaient ouverts depuis quelques jours. J'ai observé les lieux et je l'ai vue. J'ai voulu lui parler. Mais elle ne m'a pas écouté. Je la comprends cependant...

— C'était bien vous, alors... elle m'en a parlé. Matthieu, en vous approchant d'elle de cette manière, vous lui avez surtout flanqué une belle frousse ! À quoi vous attendiez-vous ? Vous surgissez de nulle part, comme ça, à l'orée du bois, et vous vous approchez d'elle, alors qu'elle est complètement seule et vous croit toujours coupable... Si vous vous attendiez à ce qu'elle vous saute au cou... ce n'était pas vraiment la meilleure façon de vous y prendre...

— C'est vrai... je n'y avais pas pensé. Mais je ne savais pas quoi faire d'autre... Si je l'avais abordée au village, elle m'aurait certainement repoussé devant tous les passants du coin ! Je pensais que ce serait plus simple de se parler en tête à tête. Mais vous avez raison, ce n'était pas très malin de ma part... N'empêche que je l'ai trouvée très agressive, vous savez...

— Comment cela ?

— Je crois que si elle avait pu m'étrangler sur place, elle l'aurait fait. Elle m'a chassé de chez elle avec une colère que je ne lui connaissais pas. Elle m'a… rappelé sa sœur, ce jour-là…

— Je pense qu'elle était simplement sous le choc de votre présence, Matthieu… Il lui faudra un peu de temps pour arriver à voir les choses autrement. Laissez-lui ce temps. Et laissez-moi vous aider à lui parler. Ne retentez rien tout seul… Ce qui m'inquiète, par contre, c'est que si nous partons du principe que vous n'êtes pas l'assassin, alors le véritable coupable court probablement toujours dans la nature. Et dans ce cas, se pourrait-il que Clara soit en danger ?

— Je ne sais pas. C'est vrai que je n'ai pas réfléchi à ça. J'aimerais pouvoir tout changer… revenir en arrière et avoir pu faire quelque chose pour éviter tout cela. Des fois, je me dis que si j'avais simplement été là… Vous savez, je vous remercie de ce que vous essayez de faire. Quelque part, ce n'est peut-être pas un hasard si vous étiez journaliste avant ! Je voudrais pouvoir vous aider plus, vous donner des indices mais tout s'est passé si vite…

— Pourquoi vous êtes-vous disputé avec Céline ce jour-là ?

— Oh, des enfantillages… Céline me courait après depuis des mois et était d'une jalousie maladive envers sa sœur. De toute façon, elle courait après tous les gars du pays. Et ce qui la rongeait, c'était de voir que je lui préférais

Clara. Alors elle a commencé à me draguer et… bon sang, j'avais dix-neuf ans ! »

Il se prit la tête entre les mains, le visage soudain bouleversé.

« J'ai merdé… Elle a eu ce qu'elle voulait. Quelques temps après, elle m'a annoncé qu'elle était soi-disant enceinte. Mais, franchement, je ne l'ai pas crue. Et d'ailleurs son autopsie a montré qu'elle ne l'était pas. Je m'étais fait avoir comme un idiot et je n'ai pas voulu que Céline continue de me manipuler. Alors, elle a menacé de tout révéler à Clara et à ses parents. Je savais que ça leur ferait beaucoup de peine à tous, en particulier à Clara. Mais, imaginer qu'elle apprenne tout ça par sa sœur… non, ce n'était pas possible. Je devais le lui dire moi-même. C'est pour ça que ce jour-là, j'ai annoncé à Céline que j'irais parler à Clara. Je savais que je risquais fort de la perdre, mais je m'étais bien rendu compte que le simple fait d'avoir cédé à Céline montrait que ma relation avec Clara n'était pas aussi solide qu'on aurait pu le penser. Nous étions encore jeunes, et avec le recul, je pense que nous étions déjà trop différents. Moi, je ne vivais que par les montagnes et j'allais y consacrer ma vie. Je ne suis pas sûr que cela aurait vraiment convenu à Clara, en fait. Bref, quand j'ai annoncé à Céline ce que je voulais faire, elle est entrée dans une rage folle. Je lui ai dit que je ne resterais pas non plus avec elle et que je ne croyais pas un seul instant être le père de cet enfant, si enfant il y avait. Je voulais continuer ma formation de guide et elle était plutôt du genre à gâcher la vie des autres… Les choses se sont envenimées et je l'ai menacée : je lui ai dit que si elle n'arrêtait pas son cirque, elle le regretterait. Si j'avais voulu me faire passer pour coupable, je n'aurais pas mieux fait ! Le lendemain matin, les gendarmes débarquaient chez mes parents pour m'interroger…

— Et vos parents ? Où sont-ils aujourd'hui ?

— Ma mère est morte deux ans après mon emprisonnement. Elle ne l'a pas supporté. Elle venait souvent me voir et elle pleurait sans arrêt. Elle en est morte de chagrin…

— Je suis vraiment désolée.

— Mon père est dans une maison de retraite.

— Vous l'avez revu après le procès ?

— Il n'est jamais venu me voir en prison… Quand je suis sorti, je lui ai rendu visite. Mais il m'a signifié qu'il ne voulait plus que je revienne. Ça m'a fait beaucoup de peine… Sans le vouloir, j'ai brisé leur vie à tous les deux… et la mienne aussi… »

Alice prenait conscience de ce que cet homme avait dû endurer pendant toutes ces années, et de l'impact que le drame avait eu et aurait encore sur toute sa vie. Rejeté par les siens, par son village, par son propre père et par la société toute entière, l'avenir devait lui paraître bien sombre.

« Je vais vous aider, Matthieu. Du mieux que je le pourrai. »

Il la remercia d'un regard, un petit sourire triste sur les lèvres. Il se redressa, lui tendit la main pour l'aider à se relever, puis ils s'engagèrent à nouveau sur le sentier qui repartait dans la forêt. La balade se prolongea encore une bonne heure avant qu'ils ne retrouvent le 4x4 d'Alice et ne redescendent en direction du village. Elle le déposa dans le virage devant son chalet, puis reprit directement la route jusque chez elle.

Découvertes et surprise…

Assise en tailleur sur le canapé, Alice relisait les notes du procès. Elle avait cherché des détails sur l'arme qui aurait pu servir à assommer les parents de Clara, mais sans succès. Personne ne l'avait jamais retrouvée. De plus, Matthieu avait déclaré que ce soir-là, il était rentré directement chez lui après la dispute. Son père et sa mère en avaient témoigné, mais le juge avait estimé qu'ils étaient trop impliqués, et au vu des éléments présentés en parallèle par les gendarmes, on avait conclu qu'ils essayaient seulement de le défendre. Le troisième point qui la chiffonnait était qu'une amie de Céline avait déclaré que Matthieu n'était sûrement pas son seul amant à ce moment-là. Ce que d'ailleurs, Clara avait plus ou moins confirmé à Alice en lui parlant de cet homme qu'elle avait vu à plusieurs reprises avec sa sœur. La jalousie, la peur également, pouvaient parfois pousser les gens à bien des folies, elle le savait… Après deux heures d'un travail épuisant, elle posa les papiers sur la table basse et téléphona à Clara. Celle-ci décrocha de suite. Après s'être saluées et avoir pris des nouvelles l'une de l'autre, Alice

aborda le sujet qui l'avait amenée à contacter son amie.
« Clara, je crois que j'ai du nouveau. Mon ancien collègue, qui est spécialisé dans les affaires criminelles, m'a envoyé plusieurs notes complémentaires, prises lors des audiences, ainsi que d'autres comptes-rendus du procès. Il y a des détails qui m'étonnent et j'aurais aimé t'en parler. Tu as un moment ?
— Oui, vas-y, je t'écoute…
— Je ne sais pas si tu te souviens, mais Mélanie, une amie de ta sœur, avait précisé qu'elle aurait bien pu avoir d'autres petits copains. Cela concorde avec ce que tu m'as dit l'autre fois sur cet homme que tu avais aperçu avec elle…
— Oui… je m'en souviens. C'est vrai, il y avait bien cet homme, et il est fort possible qu'il y en ait eu d'autres, pour être tout à fait franche… Sur ce point, il est clair que Matthieu s'est fait avoir.
— Et tu ne vois vraiment pas qui d'autre ? Quelqu'un que tu aurais pu connaître ?
— Vraiment… à part le type dont je t'ai parlé, non… Elle allait souvent à Annecy pour y passer des journées entières. Pour moi, elle retrouvait ses copines sur place pour des journées shopping. Mais bon, après tout, peut-être que je me trompais sur les journées shopping en question…
— Tu sais, je crois qu'il faut vraiment explorer cette piste. À l'époque, personne ne s'y est attaché. Matthieu était le coupable idéal et tout était contre lui…
— Fais comme bon te semble, Alice. Tu sais ce que je pense de tout ça pour le moment… »

Alice soupira intérieurement, déçue par le manque évident de volonté de Clara de l'aider, même si elle comprenait bien combien cela devait être difficile pour elle de se replonger dans ces mauvais souvenirs.

« Sinon, tu penses toujours revenir passer quelques jours pour Noël ?

— Oui. J'ai prévu de poser des congés. »

Elles discutèrent encore quelques minutes de ce qu'elles pourraient bien faire pendant ces prochaines vacances. Si la neige était au rendez-vous, sorties de ski et balades en raquettes seraient de la partie, c'était certain. Les deux femmes s'enthousiasmèrent à cette idée. Puis elles raccrochèrent et retournèrent chacune à ses occupations. Alice referma le gros dossier concernant Matthieu Deschamps. Après son agression, elle s'était dit que si quelqu'un décidait de fouiller son appartement, mieux valait que l'intrus ne tombe pas sur ce dossier, dans lequel elle avait pris soin de noter toutes les remarques et questions qui lui venaient à l'esprit. Cette personne, peut-être son agresseur, en saurait alors beaucoup trop sur ses pensées et sur son avancée, et cela risquait de la mettre en danger. Elle s'était donc mise en chasse d'une cachette pour ses documents. Un placard à peine visible pour toute personne ne connaissant pas les lieux s'était vite révélé être l'endroit idéal. Dans le renfoncement, au niveau du sol, les planchettes de parquet pouvaient par endroit se soulever et être remises en place sans que personne ne puisse s'en apercevoir. Elle-même n'avait fait cette découverte que par pur hasard, alors qu'elle avait voulu refaire l'aménagement intérieur dudit placard ; et elle n'en avait jamais parlé à personne. À l'époque, cela l'avait fait sourire car elle s'était imaginée comment, petite fille, elle y aurait très certainement stocké ses propres secrets et petits trésors. Il y avait juste assez de place pour y glisser l'équivalent d'une grosse boîte à chaussures, sans que cela ne puisse attirer l'attention. Il lui suffisait ensuite de reclipser les lames de bois entre elles et de poser plusieurs paires de chaussures par-dessus. Et voilà, le tour était joué !

Après avoir rapidement déjeuné, elle sortit se promener. Elle s'était levée comme presque tous les jours aux aurores pour préparer le pain et les petites viennoiseries qu'elle proposait dans sa boulangerie. À l'ouverture, ses habitués s'étaient précipités à l'intérieur pour faire leurs achats ou passer quelques commandes pour le soir. En règle générale, la boulangerie restait ouverte jusqu'à treize heures trente. Puis elle reprenait à l'heure de sortie des écoles maternelles et primaires. Les mamans et leurs enfants aimaient passer chercher un pain au chocolat ou une brioche. Alice en profitait alors pour commencer à proposer des pizzas à la vente pour le repas du soir. Le village n'était pas grand mais avec le temps, elle avait su trouver sa clientèle. Ceux qui venaient juste pour le pain, et puis les mamans pour le goûter, et puis les plus jeunes pour les pizzas, surtout le vendredi et le samedi soir. Elle proposait aussi quelques tartes et jolis biscuits qui trouvaient toujours des gourmands pour s'en délecter. Et les évènements comme Noël, Pâques ou la Saint-Valentin étaient l'occasion d'apporter une touche d'originalité. Quand l'activité était forte, il se trouvait toujours un jeune du village pour la seconder et prendre le relais au comptoir ou sur la partie salon de thé. Au final, elle arrivait à vivre simplement mais correctement de son activité. Les journées étaient longues, certes, mais elle avait trouvé le bon équilibre. Un équilibre qui lui convenait parfaitement bien et qu'elle ne souhaitait changer pour rien au monde...

Sa promenade à pied la mena jusqu'au chalet des Bois Rians. Cela faisait plus d'une semaine qu'elle n'avait pas revu son occupant et au cours des derniers jours, elle avait souvent pensé à lui, ne pouvant s'empêcher de se demander ce qu'il devenait.

Tandis qu'elle descendait le chemin qui menait au chalet, elle vit le jeune chien accourir vers elle en remuant la queue, l'ayant visiblement reconnue. Il la suivit ensuite, trottinant à ses côtés. Elle trouva Matthieu Deschamps dans sa remise, fort occupé, car il ne se retourna même pas lorsqu'elle entra et le salua. Il ne l'avait visiblement pas entendue. Elle renouvela son bonjour, ce qui le fit sursauter.

« Je suis désolé, je ne vous ai pas entendue arriver.

— Vous aviez l'air très concentré !

— Je vois que Patou vous a déjà adoptée... Je ne crois pas qu'il fera un bon chien de garde...

— Peut-être pas, mais il sera un compagnon des plus affectueux, à n'en pas douter ! Je vois que vous êtes très occupé... je vous dérange...

— Non, ne vous inquiétez pas. J'ai décidé de mettre un peu d'ordre par ici. »
Il balaya la pièce sombre du regard, comme pour appuyer ses paroles. Alice observa les lieux à son tour et approuva d'un signe de tête. La poussière et les toiles d'araignée faisaient recette. Matthieu sortit de la remise, Alice sur ses talons, et s'épousseta au soleil, en éternuant plusieurs fois bruyamment.
« Eh bien, on dirait que la poussière ne vous réussit guère !
— Je vous le confirme ! Il est temps de faire une pause ! Je vous offre quelque chose à boire ?
— Volontiers ! »
Il l'invita à le suivre sur la terrasse du chalet et disparut à l'intérieur, avant de revenir quelques instants plus tard, deux verres et une bouteille de jus de fruits dans les mains. Alice s'assit dans l'un des fauteuils qui occupaient la terrasse. Elle en profita pour admirer la vue qui, à dire vrai, était tout simplement grandiose. Même depuis la maison de Clara, ce n'était pas aussi beau. Elle se plongea dans une contemplation muette, en oubliant presque la présence de Matthieu Deschamps à ses côtés.
Au loin, elle voyait les montagnes déjà enneigées resplendir sous le ciel bleu, tandis qu'au premier plan, l'automne bien avancé perdait de son éclat. La couleur chatoyante des arbres disparaissait chaque jour un peu plus. Bientôt, l'hiver ferait son entrée avec ses paysages blancs et sa lumière éblouissante. Alice réalisa alors que d'ici peu, des milliers de skieurs se presseraient dans les

stations de sports d'hiver pour dévaler les pentes et profiter des joies de la neige. Elle aussi retrouverait avec plaisir les sensations du ski. Ce qu'elle aimait le plus avec la montagne, c'était sa faculté d'être toujours différente, et d'apporter à chaque saison des décors, des lumières et une beauté uniques, sans que ni ses habitants ni ses visiteurs ne s'en lassent jamais.

« C'est beau, n'est-ce pas ? »

Elle sursauta en entendant la voix du jeune homme.

« Vous rêviez ? »

Elle sourit. Il regarda dans la même direction qu'elle, et reprit :

« Je n'ai jamais pu oublier ces montagnes… Penser à ces paysages fut la seule chose capable de me faire tenir. Quand ça devenait trop dur, quand les murs de ma cellule semblaient soudain se rétrécir à l'infini, je fermais les yeux et je m'imaginais la montagne. Ma montagne. Je repensais aux randonnées et aux sorties que j'avais l'habitude de faire, seul ou avec quelques amis de l'époque. Je me revoyais arpentant les sentiers au milieu des pâturages, ou dévalant les éboulis comme un fou… C'était quand même la belle vie ! L'été, on partait souvent pendant plusieurs jours avec nos sacs à dos. On dormait dans les refuges. Quand j'y repense, c'était comme une nouvelle aventure à chaque fois ! Le monde vous paraît tellement plus beau lorsque vous êtes au sommet d'une montagne et que vous regardez le ciel… et la vallée, tout en bas. Vous voyez des milliers de petites lumières de toutes les couleurs qui s'agitent toute la nuit… et en

levant la tête, vous découvrez des milliers d'étoiles… »
Il se tut. Alice se sentit terriblement émue par ces paroles. Elle comprenait ce qu'avait dû être la détresse de cet homme pendant toutes ces années, alors qu'il était enfermé, pris au piège.
Ce n'était pas la première fois qu'elle rencontrait un innocent injustement accusé et condamné. Elle avait déjà vu cette tristesse dans les yeux, ce désespoir de n'avoir pas su convaincre de son innocence, et cette envie de vivre, de s'échapper pour être à nouveau libre.
« Je suis désolé, je parle sans arrêt de moi…
— Ça ne me dérange pas. Au contraire, faites ! Ça peut même peut-être aider, vous savez. J'ai besoin de vous connaître, de vous comprendre, pour trouver la faille. Le petit truc qui fera pencher la balance et qui prouvera que ce procès était manipulé.
— Vous parlez de manipulation à présent ? Vous ne pensez pas que vous y allez un peu fort ? J'imagine que je devrais vous dire qu'on m'a trompé, que tout le monde était contre moi… C'est vrai que ça s'est passé comme ça, et pourtant, même moi, j'ai du mal à vous suivre sur ce terrain…
— Je sais… c'est parfois compliqué après tant d'années. Mais si vous vous savez innocent, vous n'avez pas le droit de renoncer. Vous devez continuer d'y croire parce que c'est la seule manière pour vous de retrouver une vie normale. Dans un cas comme le vôtre, il n'existe que trois possibilités. Soit vous êtes coupable, et là, je dirais que vous vous en tirez plutôt très bien finalement. Soit

vous êtes innocent et le travail de recherche et d'analyse a été bâclé à l'époque. Soit, dernière alternative, il fallait un coupable idéal, et le véritable assassin a fait en sorte de le trouver et de mettre en évidence ou de créer les preuves nécessaires.

— Et vous avez des pistes ?

— Je voulais justement vous en parler... mais j'attendais le bon moment.

— Alors profitez-en ! Je suis tout ouïe !

— En relisant votre dossier, j'ai remarqué certains détails qui m'ont interpellée... Le premier concerne Céline. Étiez-vous le seul garçon qu'elle fréquentait ? »

Il haussa les épaules.

« Comment le saurais-je ? Je me suis bêtement fait avoir par elle, mais en réalité, je ne connaissais rien de sa vie, pour être franc.

— Je pense qu'elle voyait quelqu'un d'autre. Clara m'a dit qu'elle allait souvent à Annecy, et elle m'a également parlé d'un homme plus âgé que Céline aurait fréquenté... Quelqu'un qui venait de Lyon... Est-ce que ça vous évoque quelque chose ?

— Non... je ne vois vraiment pas. »

Alice soupira.

« Tant pis... De toute façon, je finirai bien par trouver. » Elle posa son verre sur la table basse en bois et réfléchit. Une question lui vint à l'esprit, mais elle hésita à la poser. Mais après tout... Elle regarda son hôte :

« Matthieu, je voudrais savoir... Quel genre de fille était Clara quand vous l'avez connue ? »

Matthieu sourit et soupira. Il sembla se replonger à nouveau dans ses souvenirs.

« Elle était… comment dire… elle était le genre de fille plutôt sage… très jolie et toujours première en classe. Elle s'occupait beaucoup de Céline, quand elles étaient petites. C'était les sœurs les plus proches que je connaissais. Quand elles ont grandi, une certaine distance s'est ensuite installée entre elles, mais je pense que c'était normal… elles prenaient leurs marques, se construisaient chacune une vie… L'adolescence, ce n'est jamais simple…

— Et vous, dans tout ça ?

— Moi ? J'étais au milieu… Je crois que j'ai toujours été au milieu. D'abord, un peu comme un grand frère. Quand nous étions petits, nous étions toujours fourrés ensemble. Lorsqu'un des trois était là, les deux autres n'étaient jamais bien loin ! J'étais fils unique et je m'ennuyais beaucoup chez moi. Mes parents travaillaient tous les deux, et quand je rentrais de l'école, j'allais souvent chez Céline et Clara pour ne pas être seul. Quant à elles, elles semblaient apprécier de m'avoir à leurs côtés. Ça s'est passé comme ça pendant des années, et puis doucement, les choses ont changé. Nous n'étions plus des enfants… Clara n'avait pas conscience de sa beauté. Elle continuait à grandir sagement. Mais Céline, c'était autre chose ! Quand elle s'est aperçue de l'effet qu'elle produisait sur la gente masculine, elle en a beaucoup profité. Forcément, elle a aussi souvent essayé de me séduire. Mais ça ne marchait pas… enfin, au début.

— Et Clara ? Comment le prenait-t-elle ?

— Je crois que ça ne l'amusait pas beaucoup de voir sa sœur se conduire de cette façon… Elle la protégeait énormément, et la couvrait auprès de leurs parents quand elle sortait le soir : ils ne savaient jamais rien des escapades de Céline. Mais n'empêche que Céline se faisait régulièrement sermonner par sa sœur. Une fois, nous étions allés pique-niquer et Céline a commencé à nous parler de son petit copain du moment. Clara lui a aussitôt cloué le bec en lui disant que ce n'était pas la peine de parler devant moi de son comportement outrageux. À cet instant précis, je n'avais plus devant moi une lycéenne sérieuse, mais une adulte… une adulte froide et un peu cinglante… une personne que je ne connaissais pas et pourtant, quelques minutes plus tard, elle était redevenue la Clara que j'appréciais tant…

— Ce genre de changement de comportement s'est souvent reproduit ?

— Non… ce fut l'unique fois. En tout cas, en ma présence. Et à part l'autre jour, quand je lui ai rendu visite. »

Alice fronça les sourcils. Elle n'avait de son côté jamais constaté de comportement changeant chez Clara, mais son instinct lui dictait de ne pas négliger ce point, même si elle avait du mal à imaginer Clara comme quelqu'un de bipolaire ou souffrant de troubles du comportement. Tout du moins devrait-elle s'en assurer pour éliminer cette hypothèse.

Elle se leva, tendit son verre vide à Matthieu Deschamps et lui annonça qu'il était l'heure pour elle de rentrer. Il la remercia pour sa visite et elle haussa timidement les épaules, touchée par l'intérêt qu'il semblait porter à sa présence. Elle se retourna pour partir et tandis qu'elle posait le pied sur la première marche de l'escalier en bois, sa cheville se déroba subitement sous son poids. Elle poussa un cri et se sentit tomber sans rien trouver à quoi se rattraper. Elle ferma les yeux, attendant la douleur d'un choc, mais s'étonna de ne rien ressentir. Lorsqu'elle les rouvrit enfin, elle se retrouva nez à nez avec Matthieu Deschamps et rougit violemment en réalisant qu'elle venait d'atterrir dans ses bras. Incapable de réagir, elle resta sans bouger, son visage à quelques centimètres à peine de celui de son hôte. Il la regardait si intensément qu'elle se sentit bouleversée. Il resserra son étreinte autour d'elle, ses yeux toujours rivés aux siens. Elle respira son odeur. Sa tête se mit à tourner, et elle ferma les yeux pour tenter de reprendre ses esprits. Elle resta une seconde ainsi, sans réfléchir. C'est alors qu'un baiser chaud et humide la surprit. Mais cela ne dura qu'un très court instant et elle crut avoir rêvé. Elle rouvrit les yeux et observa Matthieu Deschamps, mais celui-ci détourna aussitôt le regard et desserra son étreinte, comme s'il réalisait soudain lui aussi ce qui venait de se passer entre eux. Il la remit debout sur ses pieds, se racla la gorge et passa une main dans ses cheveux, visiblement très gêné, avant de s'écarter d'elle.

« Je suis… désolé… Je ne voulais pas… hum… enfin… je ne voulais pas profiter de la situation. Je… j'espère que vous me pardonnerez cet… écart. »

Encore sous le choc, Alice ne put que hocher la tête, tentant de reprendre le contrôle d'elle-même, tandis que Matthieu Deschamps s'était un peu éloigné. Elle réalisa alors que ce qui venait d'arriver l'avait certes surprise, mais que ce baiser était loin d'avoir été désagréable. En fait, elle avait même beaucoup aimé ce moment et n'avait qu'une seule envie : qu'il recommence à l'embrasser. Mais le charme s'était rompu et elle se voyait mal lui dire ce qu'elle ressentait à cet instant précis. Néanmoins, elle devait faire quelque chose, car la réaction de son hôte montrait qu'il pensait l'avoir grandement offensée en agissant ainsi. Et elle ne voulait surtout pas qu'il puisse croire cela. Elle s'approcha donc de lui et posa sa main sur son épaule.

« Matthieu, ça vous dirait de venir dîner chez moi ce soir ? »

Il se retourna vers elle, un éclat d'étonnement dans les yeux. Un large sourire illumina son visage en même temps qu'il semblait visiblement soulagé. D'un hochement de tête, il accepta la proposition. Alice lui donna rendez-vous à vingt heures trente et s'éclipsa, le cœur battant.

Dîner raté ?

Alice s'affairait dans son appartement. Elle n'était pas particulièrement douée pour la cuisine, mais Matthieu Deschamps ne devrait pas s'en apercevoir. C'est pourquoi elle s'était empressée de faire appel aux services du traiteur local dès qu'elle l'avait quitté. Trois heures plus tard, le livreur sonnait à sa porte et lui remettait les précieux plats pour son dîner. En un tour de main, tout serait prêt. Elle déposa la bouteille de vin rouge sur la table, pour qu'elle prenne la température ambiante. Au menu, ce serait soufflés au fromage en entrée, et aiguillettes de canard aux framboises accompagnées de petits gratins dauphinois pour le plat principal, le tout sublimé par ce petit vin rouge recommandé par le traiteur. Et pour le dessert, un assortiment de petites mignardises à vous mettre l'eau à la bouche !
Lorsqu'elle eut tout rangé au frais dans la cuisine, elle alluma le four pour le préchauffer, puis fila dans le salon pour mettre un peu d'ordre. Les journaux et autres magazines qui traînaient de-ci de-là furent rapidement empilés de manière plus structurée, les coussins du

canapé secoués, et quelques bibelots mieux rangés sur les étagères. Elle remit du bois dans le petit poêle, pour que le feu ne s'éteigne pas, et sortit sur sa terrasse récupérer quelques bûches supplémentaires pour la soirée. Elle appréciait vraiment de pouvoir bénéficier d'un poêle tout en étant pourtant en appartement. Lorsqu'elle avait acheté la boulangerie, elle avait aussi récupéré ce petit appartement attenant, situé en rez-de-chaussée et compris dans le lot vendu. C'est d'ailleurs là qu'avait logé l'ancienne propriétaire durant les années où elle avait tenu la boulangerie. Il était composé d'une pièce principale et d'une cuisine, d'une chambre et d'une terrasse, très agréable en été. Une fois remis au goût du jour, Alice n'avait cessé de s'y sentir bien, et le petit poêle n'y était pas étranger…

Une fois les bûches soigneusement rangées, elle disparut dans sa chambre pour se changer. En passant devant son miroir, elle ne put s'empêcher de s'observer un instant. À trente-quatre ans, elle était plutôt jolie… enfin, selon elle. Un nez retroussé et des yeux couleur noisette, des cheveux longs, qu'elle portait souvent attachés en queue de cheval ou relevés en chignon, ce qui la rajeunissait. Elle fronça les sourcils en remarquant son jeans et son gros pull en laine. Hors de question de porter ça ce soir ! Puis, réalisant qu'elle se comportait avec autant d'excitation qu'une adolescente, elle soupira. Cela faisait des années qu'elle n'avait pas ressenti cela. C'était là, au fond de son cœur, et ça lui faisait venir le sourire aux lèvres en permanence…

« Bon sang, Alice, qu'est-ce qui te prend ? »
Il ne fallait pas qu'elle se laisse aller ! Matthieu Deschamps essayait peut-être tout simplement de la séduire, pour se débarrasser d'elle plus facilement ensuite… Son cœur bondit à cette pensée, qu'elle chassa loin de son esprit en secouant la tête à plusieurs reprises.
Elle devait garder son sang-froid et un esprit clair. Même si les choses allaient plus loin. Car elle sentait bien que cela pouvait se produire. Elle ne devait pas oublier qu'elle ne connaissait que peu de choses sur cet homme. Et que son unique but devait être de trouver la vérité. Cette vérité qui devenait soudain pour elle comme une nécessité. Faire innocenter Matthieu Deschamps équivalait à pouvoir envisager d'aller plus loin dans sa relation avec lui… Par contre, si elle découvrait qu'elle s'était trompée et qu'il avait vraiment commis ces horreurs, elle devrait renoncer à sa présence et aux sentiments qu'elle sentait naître à son égard. Sa gorge se noua et elle pria intérieurement pour que son instinct la guide correctement. Et si elle se trompait ? Comment le vivrait-elle ?
Elle brossa ses cheveux, les attacha, finalement se ravisa, pour les laisser tomber naturellement sur ses épaules. Puis elle passa un pantalon de toile kaki et un petit pull court de couleur beige. Cet ensemble lui allait à ravir, mettant en valeur ses formes de manière très féminine, tout en n'étant ni trop sexy ni trop sage. Elle avait préféré éviter la robe, qui pouvait être trop suggestive… Une touche de rouge à lèvres vint affiner le tout. Elle sourit de satisfaction devant son miroir ; c'était parfait.

À vingt heures trente précises, elle entendit la sonnette de sa porte et son cœur s'emballa. Elle allait se précipiter pour ouvrir quand la raison lui souffla de tout de même se méfier. Après tout, elle s'était déjà fait agresser une fois, et rien ne prouvait que la personne qui venait de sonner soit bien Matthieu Deschamps. Elle regarda par le judas, et fut soulagée en y découvrant la silhouette de son invité. Elle ouvrit, le salua et le pria d'entrer, prit son blouson, qu'elle pendit dans le placard de l'entrée, avant de lui indiquer d'un signe de la main le chemin vers le salon.

« C'est sympa chez vous…

— Merci. Installez-vous, je vous en prie », lui dit-elle en même temps qu'elle lui montrait le canapé.

Il s'y assit aussitôt.

« Je… je voulais vous remercier pour cette invitation. Mais vous savez, vous n'étiez pas obligée…

— Je dois vous avouer quelque chose : je ne me suis pas du tout sentie obligée. En fait, ça me fait très plaisir de vous avoir ici ce soir. »

Alice réalisa qu'elle avait dit cela avec peut-être un peu trop d'empressement et d'émotion dans la voix. Elle se mordit la lèvre, se maudissant intérieurement. Mais il était trop tard. Elle tenta de se reprendre malgré tout.

« Je pense que vous êtes quelqu'un de bien, Matthieu. Vraiment. Et si je peux vous apporter mon aide, je le ferai.

— Pourquoi faites-vous tout cela ? Je veux dire… rien ne vous prouve que je suis innocent. Et puis, vous n'êtes en rien liée à cette affaire… Si encore vous m'aviez connu autrefois, alors ce serait peut-être compréhensible. Mais là… »

Tandis qu'il parlait, Alice avait sorti quelques apéritifs et débouché la bouteille. Elle versa un peu de vin dans deux grands verres à pied, et lui en tendit un, avant de lui répondre.

« Comme je vous l'ai dit, j'étais journaliste avant d'arriver ici. J'ai travaillé sur plusieurs affaires et rencontré des personnes accusées de tel ou tel méfait ou crime. J'ai interviewé des hommes et des femmes qui étaient bel et bien les auteurs des faits qu'on leur reprochait. Mais une fois, j'ai croisé une jeune femme incarcérée à tort. Il a fallu qu'elle se batte pendant deux ans pour faire réviser son procès. Et ce que je vois dans vos yeux aujourd'hui, je l'ai vu dans les siens. Voilà pourquoi j'ai tendance à vous croire quand vous dites que vous êtes innocent. Ou alors, vous êtes un coupable qui ment particulièrement bien !

— Je crois que vous ne vous rendez pas bien compte des conséquences pour vous… Vous allez vous mettre toute la région à dos en agissant ainsi… Et je ne serais pas surpris que vous n'ayez bientôt plus de clients dans votre boulangerie. Croyez-moi, renoncez tant qu'il est encore temps. Cette histoire a déjà ruiné ma vie ; je n'ai pas envie qu'elle ruine aussi la vôtre… »

Il la fixait à nouveau avec ce regard qu'elle lui avait vu l'après-midi même. Un regard attendri, et rempli de désir… un regard insoutenable. Elle eut du mal à résister, à ne pas se jeter dans ses bras.

Détourner les yeux et parler de sujets plus légers… vite, pour ne pas tomber en pamoison. Alice sentait ses émotions l'envahir. Elle fixa son verre de vin, et orienta la conversation vers un sujet que son invité affectionnait particulièrement : les montagnes environnantes. Comprit-il que c'était un moyen pour elle de remettre un peu de distance entre eux ? Certainement. Mais il n'en montra rien, se prit au jeu, et en parla pendant le reste de l'apéritif, ce qui eut le mérite de faire retomber la tension quelque peu électrique qui s'était installée entre eux et de rétablir une ambiance plus amicale, ce qui convenait pour le moment beaucoup mieux à Alice.

Quand ils passèrent à table, Matthieu devint cependant plus silencieux, ce qui étonna et déconcerta son hôtesse. Elle craignit un instant que les plats qu'elle avait sélectionnés ne soient pas à son goût, mais comme elle-même les trouvait excellents, elle en déduisit qu'autre chose occupait sans doute l'esprit de son invité. Au dessert, il lui posa une question à laquelle elle ne s'attendait pas du tout.

« Alice… Vous ne m'avez pas dit si vous aviez quelqu'un dans votre vie… »

La jeune femme manqua de s'étouffer sous la surprise. Elle toussa violemment, inspira un bon coup avant de répondre :

« Euh… désolée, je ne m'attendais pas du tout à cette question… Eh bien… pour vous répondre… non, je n'ai personne dans ma vie actuellement.

— Après ce qui s'est passé aujourd'hui, je préfère savoir qu'aucun petit ami ou fiancé n'est caché quelque part. Si vous aviez eu quelqu'un, je crois que je me serais senti encore plus gêné…

— En même temps, si j'avais eu quelqu'un dans ma vie, je ne vous aurais certainement pas proposé de venir dîner ce soir… »

Elle avait dit cela d'une voix soudain plus douce mais légèrement amusée. Ils se regardèrent en silence, et ce fut comme si tout était dit dans cet échange sans paroles. Alice avait prononcé ces mots sans réfléchir, de manière spontanée, prenant soudain conscience qu'il serait difficile de revenir en arrière maintenant. Matthieu Deschamps continua :

« Je peux vous poser une autre question ?

— Oui, bien sûr…

— Ça fait longtemps que vous êtes seule ?

— Quelques temps… »

Face à ces questions sorties de nulle part, Alice se sentit désemparée. Oui, il y avait eu quelqu'un. Quelqu'un qui avait beaucoup compté dans sa vie d'avant. Mais toutes les histoires ne se terminent pas toujours bien… Et celle-ci lui avait laissé un goût amer. Elle se leva, un peu brusquement, et commença à débarrasser la table. Son invité l'imita, et lui emboîta le pas vers la cuisine. Mais à peine avaient-ils quitté le salon qu'un violent fracas se fit entendre, les faisant sursauter. Alice faillit lâcher les assiettes qu'elle avait emportées avec elle. Ils se précipitèrent tous deux vers l'embrasure de la porte de la cuisine, pour constater qu'une bûche de bois venait d'atterrir au beau milieu du salon, après avoir traversé la porte-fenêtre qui donnait sur l'extérieur, brisant violemment la vitre et projetant au passage une multitude de bris de verre sur le sol. Matthieu Deschamps bondit par la porte-fenêtre endommagée et traversa la terrasse extérieure, pour tenter de poursuivre un agresseur déjà malheureusement loin et hors d'atteinte. Il revint quelques instants plus tard, bredouille. Alice s'était laissée aller sur le canapé, quelque peu affolée. Matthieu s'approcha d'elle.

« Alice, il faut appeler la gendarmerie… ».

Elle acquiesça et attrapa son téléphone portable pour s'exécuter. L'opérateur lui répondit qu'une patrouille serait là d'ici une dizaine de minutes, et lui recommanda de ne pas bouger et de ne toucher à rien. Elle le remercia, puis ils attendirent en silence le coup de sonnette qui annoncerait l'arrivée de la patrouille. Les gendarmes constatèrent les faits et lui firent déposer une nouvelle plainte, dans la continuité de la première. Alice, qui avait immédiatement reconnu les mêmes hommes déjà venus à son domicile lors de son agression précédente, leur raconta alors les épisodes de ses pneus crevés et du lapin ensanglanté. Ils lui reprochèrent de ne pas les avoir réinformés de ces derniers évènements. Ils lui dirent aussi que pour le moment ils n'avaient pas plus d'information sur son agresseur et lui recommandèrent d'être extrêmement prudente à l'avenir. Au moment de quitter les lieux, ils lui firent promettre de ne pas rester seule chez elle cette nuit-là, ni les suivantes si elle le pouvait, et tout au moins tant que sa porte-fenêtre ne serait pas réparée. Elle hocha la tête, les salua et referma la porte à clé derrière eux. Matthieu s'approcha d'elle et posa ses mains sur ses épaules, face à elle.

« Alice, venez chez moi. Venez dormir aux Bois Rians…
— Matthieu, je vous remercie mais je ne suis pas sûre que ce soit bien raisonnable… »

Matthieu Deschamps sourit, visiblement fort amusé par cette remarque.

« Ne craignez rien. Vous verrez qu'on y dort très bien. Et ce n'est pas moi qui viendrai vous réveiller, je vous en donne ma parole… »

Alice rougit, consciente de la boutade qu'il venait de lui envoyer. Quelle gaffe ! S'il avait encore eu des doutes sur le trouble qu'il produisait en elle jusque-là, à présent, il devait les avoir vus s'envoler à tire d'ailes ! Alice se maudit intérieurement et capitula.

Elle attrapa un sac de voyage accroché dans l'entrée et fila dans sa chambre prendre quelques effets pour la nuit et en vue du lendemain. En sortant de la pièce, elle s'arrêta brusquement, son attention se portant sur le placard où elle rangeait le dossier qu'elle avait constitué sur l'affaire Matthieu Deschamps. Mieux valait ne pas le laisser traîner… en même temps, devait-elle l'emmener chez lui ? Elle hésita. Mais la peur de voir son agresseur revenir fouiller son appartement l'emporta. Elle déplaça sans un bruit ses chaussures, souleva les planchettes en bois et retira les liasses de papiers de leur cachette avant de remettre tout en place. Elle glissa les documents tout au fond de son sac, sous ses vêtements, et rejoignit le trentenaire, qui l'attendait sagement dans l'entrée. Il avait éteint le poêle, fermé les volets et tendu une couverture à la place de ce qui avait été la porte vitrée. Ce n'était pas grand-chose, lui dit-il, mais cela permettrait que le froid rentre un peu moins pendant la nuit. Ils quittèrent l'appartement et Alice ferma la porte à double tour. Puis elle passa à la boulangerie accrocher sur la porte un panneau de fermeture exceptionnelle pour le lendemain matin. Elle allait devoir appeler son assurance et organiser le remplacement de la vitre brisée sans délai.

Alice gara son 4x4 devant le chalet de son hôte. À l'intérieur de l'habitation, la cheminée éclairait encore le salon, et par les fentes des volets, on devinait la danse des petites flammes dans l'âtre. Il faisait froid dehors et le passage au chaud en entrant leur parut étouffant. Alice quitta son manteau en cuir et, imitant les gestes de son compagnon, l'accrocha à une patère en bois fixée au mur.
« Je voulais vous remercier pour ce dîner. C'était délicieux…
— Dommage qu'il se soit terminé de cette manière. Je vous promets que cela ne faisait pas partie du programme de la soirée ! »
Matthieu Deschamps rit de cette remarque. Il invita Alice à s'asseoir près du feu, tandis qu'il remettait du bois dans l'âtre. Alice savoura l'instant. Elle pouvait l'observer à la dérobée, et le détailler à son aise. Elle admira la courbe

de son nez et de ses lèvres. Il avait des traits fins et précis. Elle remarqua une petite cicatrice à la base de son cou. D'où la tenait-t-il ? Une bagarre de jeunesse ou bien un souvenir de ses années de prison ? Elle n'osa pas le lui demander. Après tout, cela ne la regardait pas et elle avait peur de raviver une proximité trop forte en lui posant la question.
Une fois le feu attisé, il se retourna en souriant :
« Je vous montre votre chambre ? »
Elle le suivit, ses affaires à la main. Ils grimpèrent l'escalier en bois, qui grinça de plus belle sur leur passage. En haut des marches se trouvait un long couloir qui semblait traverser le chalet sur toute sa longueur. Matthieu avança jusqu'au bout du corridor et ouvrit la dernière porte.
« C'est ici. J'espère que cette chambre vous plaira. C'était celle de ma mère quand elle était jeune. »
Il l'invita à entrer.
Alice glissa un œil par la porte et poussa un petit cri admiratif. La pièce était toute en bois du sol jusqu'au plafond, et même le mobilier se fondait dans le décor. Cet endroit avait un je-ne-sais-quoi de magique. Elle entra et en fit le tour, touchant les meubles du bout des doigts pour mieux ressentir la quiétude et la beauté qui se dégageaient des lieux.
« Je vais vous chercher des draps et des couvertures. »
Il disparut dans le couloir, laissant la jeune femme seule. Alice s'assit sur le lit, rêveuse. Elle se dit que la personne qui avait vécu ici avait forcément eu une vie heureuse, du

moins, jusqu'au drame qui avait détruit si violemment la fin de sa vie... Tout dans cette pièce respirait le bonheur, même après des années d'inoccupation. Matthieu revint, les bras chargés, et Alice se précipita pour le débarrasser.
« Ça vous dirait de visiter ?
— Ça me plairait beaucoup. »
Elle le suivit et admira le raffinement avec lequel sa mère avait aménagé l'intérieur du chalet. Il lui raconta qu'elle était née ici ; c'était le chalet familial. Puis comment elle avait passé plusieurs années à le redécorer lorsque ses parents le lui avait légué, fouillant les brocantes les week-ends pour en ramener de nombreux objets ou meubles, qu'elle rénovait pour les intégrer ensuite à telle ou telle pièce. La maison comptait quatre grandes chambres à l'étage, deux belles salles de bain, et encore un immense grenier au-dessus. Alice ne put s'empêcher de penser qu'elle aurait adoré y vivre.
« Vous avez eu de la chance de grandir ici. Je vous envie. Moi, je n'ai connu qu'un petit appartement en banlieue parisienne, entouré par le bruit et la pollution. Tout coûtait très cher et ma mère ne gagnait pas bien sa vie…
— Et votre père ?
— Je ne l'ai pas très bien connu en fait. Il était tout le temps en déplacement. Ma mère m'a surtout élevée seule, même si nous partions quand même tous les trois en vacances pendant mon enfance. C'est comme ça que j'ai connu la région. Et puis, ils ont divorcé, et il a disparu de nos vies à toutes les deux. Ensuite, il a fallu se serrer la ceinture. Pas très fun comme enfance, pour être

honnête…
— Et aujourd'hui ? Qu'en est-il de votre mère ?
— Quand j'ai quitté le nid familial pour me lancer dans mes études de journalisme, elle a enfin pu respirer. Elle a recommencé à voir du monde et a rencontré quelqu'un avec qui elle s'est mariée il y a cinq ans. J'étais tellement heureuse pour elle…
— Vous la voyez souvent ?
— Oui. Et je ne pourrais pas rester plus d'une semaine sans avoir au moins de ses nouvelles par téléphone. Elle est venue pendant deux mois l'été dernier. »
La conversation s'éternisa jusqu'à ce qu'Alice soit prise de bâillements qui lui signifièrent que le moment d'aller dormir était arrivé. Elle s'excusa auprès de son hôte et monta se coucher. Il ne lui fallut pas longtemps pour faire le lit et se glisser entre les draps avec délice. Elle avait soudain l'impression d'être redevenue une enfant, dans ce grand lit en bois. Elle éteignit la lampe de chevet et écouta la nuit. Que faisait Matthieu Deschamps ? Elle entendit des bruits de rangement au rez-de-chaussée, puis les craquements de l'escalier. Un instant, elle retint son souffle, se demandant si les pas viendraient jusqu'à sa chambre. Mais ce ne fut pas le cas. Le bruit d'une porte qui s'ouvrait et se refermait à l'étage se fit entendre, puis tout devint calme. Elle se redressa, se leva et gagna l'entrée de sa chambre sur la pointe des pieds. Dans le noir, elle chercha une clé dans la serrure et fut soulagée de découvrir qu'il y en avait bien une. Tout en s'en voulant quelque peu de ce qu'elle faisait, elle la tourna le

plus doucement possible et vérifia que la porte était bien fermée à clé. Puis, toujours dans le silence le plus total, elle regagna son lit et s'endormit en quelques minutes.
Le lendemain, elle fut réveillée par le roucoulement d'une tourterelle. Elle avait merveilleusement bien dormi. Elle regarda sa montre et constata qu'il était déjà tard. D'un bond, elle fut à la fenêtre et ouvrit les volets en grand. Le temps était gris, mais cela ne réussit pas à changer son humeur joyeuse. Elle s'accouda un instant sur le rebord de la fenêtre et observa le paysage. La vue portait loin. La brume matinale remontait du fond de la vallée, comme une immense mer blanche. Elle resta ainsi quelques minutes, à écouter la nature et à respirer l'humidité du matin. Les oiseaux chantaient déjà dans les sapins ; elle ne pouvait pas les voir mais elle arrivait presque à deviner leur position dans chaque arbre rien qu'à leurs chants. Une odeur de café arriva jusqu'à elle, et elle s'habilla en hâte. Elle sauta dans ses chaussures et fila vers la porte pour l'ouvrir, quand elle se souvint juste à temps qu'elle l'avait verrouillée la veille. Elle l'ouvrit donc avec précaution, sans faire de bruit, puis traversa le couloir et descendit les escaliers jusqu'au salon. Une voix derrière elle l'accueillit avec chaleur.
« Bonjour Alice. Vous avez bien dormi ?
— Cela faisait des années que je n'avais pas passé une aussi bonne nuit !
— Merci pour ce compliment ! J'en suis ravi. Café ? »
Elle acquiesça.
Il lui tendit une tasse fumante et lui fit signe de le suivre

dans la cuisine, où l'attendait un succulent petit-déjeuner.
« Il a vraiment bien fait les choses », pensa-t-elle.
Elle se coupa une tranche de pain, qu'elle recouvrit de confiture avant de la dévorer. Matthieu Deschamps l'observait, amusé. Cela faisait si longtemps que personne n'était plus venu dans cette maison... Elle s'arrêta de manger et le fixa du regard.
« Je ne vais pas vous embêter plus longtemps... Je dois redescendre au village, histoire de voir si mon appartement est toujours entier. Et puis, je dois lancer mes préparations si je veux rouvrir en fin d'après-midi. Sans compter l'assurance que je dois appeler... bref, la journée s'annonce chargée...
— Prenez votre temps. Vous ne me dérangez absolument pas. Je devrais plutôt vous remercier...
— De quoi ?
— D'être ici. Je ne connais personne dans la région qui aurait accepté de passer la nuit chez moi... Vous m'avez fait confiance, et ça me touche beaucoup.
— Alors je vais me faire un plaisir de répéter à tout le village que j'ai passé la nuit sous le même toit que vous, et que je suis toujours entière ! Ça va peut-être les faire bouger !
— Surtout n'en faites rien... Vous ne vous attireriez que des ennuis... »
Ils terminèrent tranquillement leur petit-déjeuner, puis Alice remonta chercher ses affaires, qu'elle déposa sur le siège passager de son véhicule, avant de s'installer au volant. Matthieu Deschamps s'accouda à la portière.

Alice se tourna vers lui, une question lui venant soudain à l'esprit :
« Au fait, j'ai oublié de vous demander… Céline avait une très bonne copine à l'époque… Mélanie Martin…
— Décidément, vous n'abandonnez jamais ! »
Elle lui adressa un large sourire.
« Vous ne sauriez pas ce qu'elle est devenue ?
— Non… mais à mon avis, elle ne doit pas vivre bien loin. Ses parents habitaient à deux villages de Comancy, et les gens d'ici ne bougent pas beaucoup. Donc, il y a des chances qu'elle se soit également installée dans le coin.
— Merci ! Je vous dis à très vite.
— Vous dormez ici ce soir ? »
Elle le vit se dandiner d'un pied sur l'autre, les mains dans les poches, et devant son regard mi-inquiet mi-implorant, elle n'eut pas le courage de refuser. De toute façon, il y avait peu d'espoir que sa porte-fenêtre soit réparée dans la journée, et elle craignait vraiment de voir revenir son agresseur. Elle accepta donc de bonne grâce et tourna la clé pour lancer le moteur.
Le 4x4 démarra en trombe et disparut dans le chemin.

Parts d'ombre...

Rien n'avait bougé dans l'appartement. Debout dans l'entrée, Alice balaya du regard son petit salon. La couverture masquait toujours la vitre brisée et la pièce était encore plongée dans la pénombre. Personne ne semblait avoir tenté d'ouvrir les volets en bois. Alice posa son sac de voyage au sol et marcha rapidement jusqu'à la porte-fenêtre. Elle décrocha la couverture et entrouvrit le volet pour laisser passer la lumière. Puis elle parcourut avec une certaine anxiété le reste de l'appartement pour s'assurer que personne ne s'y trouvait caché, même si elle était parfaitement consciente que cela soit peu probable. Elle constata avec soulagement que les chaussures et les lattes du placard n'avaient pas bougé, ce qui prouvait que personne n'avait repéré sa cachette. Elle se laissa tomber dans le canapé, et renversa sa tête contre le dossier en soupirant. Elle avait besoin de faire le point. Mais d'abord, elle devait appeler son assureur pour lui faire part de sa situation et des dommages subis.
Une fois la déclaration de sinistre réalisée, elle se remit à penser à Matthieu Deschamps. L'affaire n'était pas sim-

ple. Le dossier semblait montrer des irrégularités et posait plusieurs questions : pourquoi avait-on cessé de chercher l'arme du crime ? Pourquoi n'avait-on pas creusé la piste des amants potentiels de Céline Ducret ? Pourquoi s'était-on contenté de penser que ce crime était forcément un crime passionnel commis par un jeune homme jaloux, sans chercher d'autres raisons possibles ? En plus de ces questions, Alice en voyait émerger encore d'autres. Par exemple, pourquoi les villageois étaient-ils aussi peu enclins à lui parler et à répondre à ses questions ? Pourquoi ne voulait-on pas qu'elle remue le passé ? Elle se demandait aussi qui pouvait bien être son agresseur. Et cet avocat, il lui avait paru bien mal à l'aise quand elle l'avait rencontré…

Il restait un dernier point, qui la chagrinait quelque peu. Cela concernait Clara. Matthieu Deschamps avait mentionné une certaine agressivité dans son comportement à son égard. Fallait-il en penser quelque chose ? Après tout, si Clara pouvait passer en un instant d'une attitude réservée et calme à une grande colère, qu'est-ce qui prouvait que ce jour-là, un évènement perturbant pour elle n'avait pas pu déclencher un comportement particulièrement violent et faire déraper la situation ? Cette seule idée glaça Alice. Elle appréciait de plus en plus Clara, et elle n'avait aucune envie d'envisager cette option. Pourtant cette possibilité s'imposait à elle. Et elle savait qu'elle devrait l'intégrer parmi toutes celles envisageables.

Elle attrapa sa tablette, se connecta à Internet et lança une recherche sur Mélanie Martin, l'amie de Céline

Ducret. Très rapidement, elle trouva ce qu'elle cherchait. Elle n'avait pas changé de nom, ce qui permit à Alice de retrouver facilement sa trace, ainsi que ses coordonnées. Elle nota une adresse, reprit son sac à main et ses clés, et quitta l'appartement pour aller préparer sa fournée du soir.

En tout début d'après-midi, elle décida de tenter sa chance et de rendre une petite visite à Mélanie Martin. Elle habitait effectivement à quelques kilomètres à peine, selon les informations trouvées le matin même, et Alice voulait la rencontrer le plus tôt possible pour l'interroger à propos de Céline. Elle sauta en voiture et roula jusqu'au village où vivait la jeune femme, espérant qu'elle serait bien chez elle. L'adresse indiquait une petite résidence assez récente. Alice se gara sur le parking, repéra le nom sur l'interphone de l'immeuble, et sonna. Au bout de quelques secondes, une voix féminine se fit entendre.

« Oui ?

— Bonjour. Je suis bien chez Mélanie Martin ?

— Oui c'est moi. C'est pour quoi ?

— Je m'appelle Alice Morel. Je suis une amie de Clara Ducret. J'aimerais vous parler de sa sœur, Céline. »

Un long silence s'ensuivit, si bien qu'Alice crut un instant que son interlocutrice avait coupé la communication. Puis :

« Montez. C'est au deuxième. La première porte à droite. »

Alice l'entendit raccrocher le combiné d'interphone, puis une petite sonnerie aiguë valida l'ouverture de la lourde porte d'entrée de l'immeuble. Elle attrapa la poignée, tira la porte vers elle et s'engouffra dans le hall.

Au deuxième étage, une jeune femme rousse l'attendait sur le pas de son appartement. Elle portait un jogging rose et ses cheveux étaient attachés en bataille sur le haut de sa tête. Elle semblait un peu nerveuse, mais elle tendit la main à Alice en signe d'accueil et esquissa un petit sourire.

« Entrez, je vous en prie. J'espère que vous n'êtes pas à cheval sur le ménage, parce que je n'ai pas vraiment eu le temps. »

Mélanie Martin fit signe à Alice de la suivre dans la cuisine. Un coup d'œil rapide en passant devant le salon lui laissa entrevoir un étendoir recouvert de vêtements de petite taille, et ça et là, des jouets de bébé.

« Vous avez des enfants ?

— Oui, un fils. Vous tombez bien, c'est l'heure de la sieste… Je vous sers un café ?

— Seulement si vous en prenez un vous aussi. »

La femme attrapa deux tasses et deux capsules de café, puis actionna la machine expresso. Elle posa les cafés sur la table de la cuisine et invita Alice à s'asseoir.

« Alors dites-moi, qu'est-ce que je peux faire pour vous ? Ça fait des années que je n'ai plus eu de nouvelles de Clara Ducret... Ça m'a fait un choc d'entendre son nom, et celui de Céline surtout, tout à l'heure.

— Je suis désolée… j'imagine tout à fait ce que vous avez dû ressentir. Je connais Clara depuis quelques temps et nous avons eu l'occasion de parler de ce qui est arrivé à sa sœur et à ses parents. Clara est revenue chez elle cet automne, et a décidé de restaurer la maison familiale. Et pour être tout à fait transparente avec vous, il y a eu quelques rebondissements dans cette affaire au cours des dernières semaines. Vous savez peut-être également que Matthieu Deschamps a été libéré et qu'il est revenu vivre dans le chalet de ses parents ?

— Waouh… pour une surprise. Non, je ne savais pas tout ça. Et puis, je vous avoue que je n'avais pas gardé le contact avec Clara… et tout ça est si loin maintenant… Après tout ce qui s'est passé, que ces deux-là se retrouvent au même endroit au même moment, c'est assez incroyable. Ils se sont revus ?

— Oui.

— Ça a dû faire des étincelles…

— C'est le moins qu'on puisse dire.

— Ça ne m'étonne pas, vu les circonstances… Mais dites-moi, que voudriez-vous savoir ?

— Vous étiez la meilleure amie de Céline, n'est-ce pas ?

— Oui, c'est exact. Sa mort m'a bouleversée…

— J'aimerais beaucoup entendre votre version de l'histoire. Vous la connaissiez bien. Qu'avez-vous pensé de ce qui s'est dit au procès ? »

Mélanie Martin se leva et s'approcha de la fenêtre, l'air songeur. Elle observa Alice quelques secondes.

« Vous êtes bien la première personne à me demander vraiment mon avis sur le sujet. Vous savez, Céline était ma meilleure amie, c'est vrai, mais ça ne veut pas dire que j'étais d'accord avec tout ce qu'elle faisait. Et pour être franche, elle a fait pas mal de trucs que je ne cautionnais pas du tout à l'époque, et que je ne cautionnerais pas plus aujourd'hui d'ailleurs. Céline, c'était tout le contraire de sa sœur. Clara, c'était plutôt la jeune fille sans histoire, bonne à l'école, avec une vie tranquille et un avenir tout tracé. Céline, elle, par contre, c'était autre chose. Elle était pétillante et elle mordait la vie à pleines dents, comme on dit. Sans compter qu'elle avait quand même un caractère bien trempé… On a fait les quatre cent coups toutes les deux, c'est vrai, mais je n'aurais jamais pu la suivre dans certains de ses délires.

— Du genre ?

— Elle aimait faire la fête, ce qui pour elle impliquait souvent alcool, cigarette voire drogue… et sexe bien sûr… bref, la totale si je peux dire.

— Et avec Matthieu Deschamps, qu'est-ce qui s'est passé ?

— Avec Clara, elles avaient toujours été très proches toutes les deux. Mais quand Clara et Matthieu se sont rapprochés l'un de l'autre, ça a fortement déplu à Céline, et leur relation de sœurs s'est alors distendue. Je ne sais pas pourquoi, mais Céline a tout fait pour faire croire à sa sœur que Matthieu ne la méritait pas. Ce qui franchement, n'était pas justifié, car Matthieu était un gars vraiment sympa. C'est pour ça qu'elle a harcelé Matthieu jusqu'à ce qu'il lui cède. Et ce n'était pas cool du tout de sa part, parce que je pense sincèrement que Matthieu était quelqu'un de bien et qu'il tenait vraiment à Clara.

— Et Matthieu était le seul garçon dans la vie de Céline à

ce moment-là ?

— Ah ça non ! Ce n'était pas le genre de Céline de n'avoir qu'un seul mec en même temps ! Je sais qu'elle voyait au moins quelqu'un d'autre au même moment. Un homme plus âgé qui venait au village pour passer ses week-ends. Je suis presque sure de me rappeler qu'il venait de Lyon.

— Vous n'en avez pas parlé à l'époque ?

— À l'époque, comme vous dites, personne n'est venu me demander quoi que ce soit. Matthieu Deschamps a été considéré dès le départ comme le seul responsable. Les gendarmes m'ont bien posé quelques questions mais ils suivaient déjà la piste de l'amoureux jaloux… Et ce n'est pas son imbécile d'avocat qui aurait eu l'idée de creuser ! Quant aux voisins et aux habitants, vous savez, dans nos villages, il ne faut surtout pas se mêler des affaires des autres…

— Vous avez subi des pressions ?

— Non, mais j'en ai parlé à mes parents ; et je me souviens qu'ils m'ont intimé de me mêler de mes oignons et de ne surtout pas aller mettre mon grain de sel dans tout ça… J'étais très jeune et j'ai fait ce qu'on me disait… Mais j'ai toujours trouvé bizarre que Matthieu soit le coupable. C'était presque trop simple. Et puis, dans la famille Ducret, ils n'étaient peut-être pas aussi parfaits que ce qu'il paraissait…

— C'est-à-dire ?

— Eh bien… Céline courait après tout ce qui bougeait. Je n'aime pas dire du mal des morts, encore moins de celle qui était ma meilleure copine, mais c'est la vérité. Et

Clara, si vous ne la connaissez pas depuis longtemps, alors vous ne la connaissez sans doute pas vraiment.

— Que voulez-vous dire ?

— Quand elle était jeune, Clara a souffert de troubles du comportement. Parfois la petite fille gentille pouvait se transformer en personne très désagréable. Moi, je le sais parce que je l'ai vue entrer dans une colère noire à deux reprises alors que j'étais venue dormir chez Céline. Ces fois-là, j'ai vu ses parents l'isoler dans sa chambre pour la calmer. À l'époque, ils m'ont demandé de ne pas en parler et ont tenté de minimiser ses réactions. Mais moi, j'avais bien vu que quelque chose clochait… Quant aux parents Ducret, eh bien, eux aussi avaient visiblement quelques secrets bien gardés… »

Elle se tut. Alice l'encouragea à continuer d'un hochement de tête.

« J'ai entendu une conversation entre mes parents à leur propos, une fois… Ma mère disait qu'il n'y avait pas de fumée sans feu, et que ce qui était arrivé était forcément en lien avec la mère de Clara et Céline. Je crois qu'il devait y avoir une histoire d'adultère derrière ses paroles… maintenant, est-ce que c'était lié, ça, je ne pourrais pas vous le dire… Mais vous savez, toutes les familles ont leurs secrets, alors je me dis qu'eux aussi en avait forcément… Et je n'ai pas l'impression que la justice se soit beaucoup attachée à ces aspects-là… »

Alice resta pensive. Mélanie Martin était intarissable… Et décidément, même Clara semblait avoir sa part d'ombre…

« D'après vous, Mélanie, que s'est-il passé ce soir-là ?
— Franchement, je n'en sais rien. Est-ce que Matthieu Deschamps a pété un câble parce que Clara voulait le quitter ? J'ai un peu de mal à le croire. Est-ce que Clara a piqué une crise et tué toute sa famille ? Ça paraît dingue, mais bon, on en a vu tuer leur famille pour moins que ça, alors... Ou bien est-ce qu'il y avait une troisième personne dans cette histoire ?
— Vous pensez au Lyonnais ?
— Il ne faut pas oublier que Céline était mineure...
— Et ce Lyonnais, vous savez qui c'était ?
— Je connais juste son prénom : Benoit. Céline n'a rien voulu me dire de plus parce qu'il était marié et qu'il lui avait fait promettre de ne pas le mettre dans l'embarras par rapport à sa famille. Elle s'est toujours arrangée pour que je ne le rencontre pas. Et ça, je dois dire que ça m'a beaucoup étonnée. Parce que ce n'était pas son genre de cacher ses histoires de cul. Après le drame, j'ai parlé à mes parents de cet homme. C'est là qu'ils m'ont dit de me taire et de ne surtout pas me faire remarquer dans cette affaire... Avec le recul, je pense qu'ils ont eu peur pour moi et qu'ils ont voulu me protéger. »
Elles finirent leurs cafés en silence.
« Si vous êtes là, c'est qu'il y a du nouveau par rapport à ce qui s'est passé à l'époque ? On va rouvrir l'enquête ?
— Je ne sais pas. Mais il y a effectivement des points qui posent question... et si Matthieu Deschamps est innocent...
— Ce serait une bonne chose pour lui. Et concernant

Clara, faites attention à vous. Que le risque vienne d'elle ou de quelqu'un d'autre, j'ai toujours pensé qu'elle était quand même concernée par toute cette histoire, malgré ses airs de petite sainte… »

Un frisson parcourut Alice. Elle se leva et remercia Mélanie Martin. Une dernière question lui vint à l'esprit :

« Le vieux Sam, vous le connaissiez ?

— Samuel Chapuis ? Oui, bien sûr. Il travaillait pour les Ducret. Un homme étrange. On sentait qu'il était proche d'eux et sans doute attaché à cette famille. Surtout Clara. On voyait qu'il avait beaucoup d'affection pour elle et après le drame, il a fait tout ce qu'il pouvait pour s'occuper d'elle, jusqu'à ce qu'elle quitte la région. Pourtant, lui aussi, on pourrait se demander s'il n'a pas joué un rôle dans tout ça… »

Alice remercia Mélanie Martin et la quitta avec, au final, peut-être plus de questions qu'elle n'en avait avant d'arriver. Pourtant, dans le même temps, cet entretien était venu renforcer certaines interrogations, et même éclairer d'un œil nouveau les informations dont elle disposait. Clara avait-elle une double personnalité ? L'amant de Céline ou encore le vieux Sam avaient-ils joué un rôle dans le drame ? Matthieu Deschamps n'avait-il pas été le coupable idéal, un peu trop même ? Entre sa visite à l'avocat, ses échanges avec Matthieu et cet entretien avec Mélanie Martin, Alice ne doutait plus du fait que l'enquête avait bel et bien été bâclée, ou en tout cas, qu'une ou plusieurs personnes avaient fait tout leur possible pour éviter qu'on ne creuse trop certaines pistes…

De retour chez elle, elle s'assit à son bureau, ouvrit le gros dossier qu'elle avait commencé à constituer, prit un cahier de notes et commença à rassembler tous les éléments importants de ces derniers jours. Puis elle appela Clara à Paris, pour savoir quand celle-ci comptait arriver pour Noël. La période approchait à grands pas, et même si, à présent, Alice s'interrogeait bien un peu sur la personnalité réelle de la jeune femme, elle ne pouvait s'empêcher d'attendre son retour avec une certaine impatience. Au fond d'elle, il lui était difficile de croire qu'elle puisse être impliquée, mais dans tous les cas, elle allait devoir s'en assurer.

Clara lui confirma qu'elle arriverait à Comancy très certainement un peu avant le 24 décembre. Comme elle serait seule pour Noël, Alice souhaitait l'inviter à venir chez elle. Néanmoins, elle se doutait bien que Matthieu Deschamps ne serait pas loin et elle devait bien reconnaître qu'elle mourait d'envie de passer Noël en sa compagnie également. De plus, il était prévu que sa mère et son beau-père viennent la voir, pour profiter de la montagne pendant quelques jours. Ils avaient loué un studio dans le village car l'appartement d'Alice était trop petit pour les accueillir, mais celle-ci savait qu'ils seraient là, eux aussi, pour Noël. Elle prit donc son courage à deux mains et aborda le sujet avec Clara.

« Clara, je dois te parler de quelque chose. J'ai eu l'occasion d'échanger à plusieurs reprises avec Matthieu.

Après mon agression, il m'a gentiment proposé de dormir chez lui car les gendarmes ne voulaient pas que je reste seule ici.

— Tu n'as quand même pas accepté, rassure-moi !

— Si. Pour être honnête, je n'avais pas cinquante solutions. J'aurais pu aller dormir chez toi, puisque tu as laissé un jeu de clés au vieux Sam, mais j'aurais été tout aussi seule là-bas. Quant à l'hôtel, j'y ai bien pensé mais Matthieu s'étant proposé… En plus, je me suis aperçue qu'il était encore fermé pour travaux. Et puis, j'avais tellement peur que mon agresseur revienne que j'aurais dormi n'importe où sauf ici.

— Et tout s'est bien passé ? Est-ce qu'il t'a parlé du drame ?

— Rien de plus que ce que j'ai eu l'occasion de te dire moi-même. Je dois t'avouer que sur le moment, je n'étais pas très rassurée, et que j'ai même fermé la porte de ma chambre à double tour. J'avais un peu honte. Mais il n'a rien tenté et au final j'ai très bien dormi. Il s'est montré vraiment cordial et très accueillant. Tu sais, je pense qu'il faudrait que vous discutiez tous les deux…

— Je ne crois pas que ce soit une bonne idée. Et je ne vois vraiment pas ce que j'aurais à lui dire ! »

Sa voix s'était tendue au téléphone.

« Pourtant il va bien falloir que vous abordiez le sujet un jour ou l'autre. J'ai continué à creuser le dossier et je pense avoir suffisamment d'éléments pour aller voir la gendarmerie et leur en parler.

— Quoi ? Tu comptes vraiment faire ça ?

— Oui. J'ai passé du temps avec lui, je l'ai écouté, et franchement je pense que tu devrais en faire autant quand tu viendras à Noël. Je dois aussi te dire que je compte l'inviter à venir dîner le 24 au soir. Ne serait-ce que par politesse à son égard pour m'avoir hébergée pendant quelques jours… Et j'aimerais vraiment que tu sois là, car tu es mon amie. Ma maman et mon beau-père seront présents eux aussi. »
Clara resta silencieuse au bout du fil. Alice ne dit rien non plus pendant quelques secondes. Elle comprenait que la pilule soit difficile à avaler. Mais elle voulait que les choses avancent, non seulement pour Matthieu mais aussi pour Clara, car ce drame avait abîmé leurs vies à tous les deux.
« Je te laisse réfléchir ? Appelle-moi quand tu auras pris une décision. »
Après avoir raccroché, Alice se changea et fila à la boulangerie. Il était l'heure d'ouvrir. Elle avait déjà pris pas mal de temps sur ses horaires de travail cette semaine et elle ne voulait pas risquer de perdre ses clients. D'ailleurs, à peine eut-elle ouvert sa porte qu'elle vit affluer une dizaine de personnes dans la petite boulangerie. Certains venaient juste chercher leur baguette habituelle, mais d'autres lui adressèrent des regards inquiets ou interrogatifs ; elle n'osa pas leur parler de l'incident et mentionna simplement qu'elle avait dû se rendre à un rendez-vous important de dernière minute, mais que ce n'était rien de grave. Seul le vieux Sam, qui arriva un peu après, la fixa de manière plus insistante et lui demanda si

tout allait bien. Mais elle se contenta de répondre que oui et le servit sans autre commentaire.

Vers dix-huit heures trente, la sonnette de la porte de la boulangerie tinta soudain ; elle leva les yeux et découvrit avec surprise le vieux Martial qui entrait, l'air toujours aussi revêche. Il s'avança jusqu'à elle en boitant.

« J'voudrais un montagnard. »

Elle se retourna pour attraper le gros pain en question et le lui emballa. Il la fixait toujours.

« C'est bien, ce que vous essayez de faire pour le p'tit. Il mérite que du bien. Et ça lui changera des deux aut', tiens ! Mais faites attention à votre museau, ma p'tite dame… y vous feront pas d'cadeau ! »

Elle leva brusquement la tête.

« — Qui ils ? Monsieur Martial, c'est qui « ils » ? »

Le visage du vieil homme se rembrunit.

« Si j'pouvais, ça fait bien longtemps que j'leur aurais fait la peau, à ces pourritures !!! »

Elle fit le tour de son comptoir et s'approcha du vieux monsieur.

« Monsieur Martial, il va falloir me parler, maintenant. Même si vous ne savez pas qui est derrière tout ça, je suis sure que vous avez des choses à me dire… Laissez-moi vous offrir un thé… »

Il hésita et regarda les petites tables rondes installées dans un coin de la boulangerie. Il poussa une sorte de grognement et alla s'asseoir. Elle apporta deux thés et une petite assiette de mini viennoiseries.

« Vous allez rester encore quelqu' jours chez lui ? Je sais

que vous y dormez…
— Oui, je pense. Les gendarmes me l'ont recommandé…
— Vous risquez rien avec lui. C'est un bon gars… y vous protègera.
— Vous croyez que tout ça va devenir plus dangereux pour moi ?
— Pour vous, et pour lui aussi à mon avis… dites-le-lui…
— Mon petit doigt me dit que vous devez bien avoir une petite idée de qui pourrait être derrière tout ça, non ?
— Bien sûr que j'ai mon idée !
— Alors ?
— Tout ça, ça vient du passé… et puis, cet' famille, c'était compliqué quand même…
— Qu'est-ce que vous voulez dire ? »
Il se pencha vers elle, l'air mystérieux et chuchota :
« Je vais vous dire un secret. Vous savez garder les secrets, madame la boulangère ? »
Le vieil homme la fixa d'un regard perçant, avec un air presque amusé.
« Clara, c'était pas la fille du père Ducret…
— Comment ça ? »
Il secoua la tête avec un soupir.
« C'est jamais bon de remuer le passé, mais là… allez, j'vais vous dire ce que j'sais… La mère de Clara a eu une aventure avec Samuel.
— Vous parlez du vieux Sam, là ?
— Mouais… le vieux Sam. Mais à l'époque, Samuel, c'était pas un vieux, eh eh… Bref, ça a duré quelques temps et personne à part moi n'était au courant. Enfin,

j'pense pas… Moi j'l'ai su parce que c'est lui qui m'l'a dit. Mais ils étaient vraiment discrets ces deux-là… Ça vous en bouche un coin, hein ? Et puis, y'avait aussi ces copains du père Ducret… des gars bizarres… Y'avait ce Lyonnais…

— Un Lyonnais ? »

Alice sursauta. Décidément, tout le monde lui parlait de cet homme. Le père Martial la fixa de son regard froncé.

« Ben, oui… le Lyonnais qui connaissait le père Ducret. Il était marié et venait pendant les vacances avec sa famille. Et puis les week-ends, il était souvent tout seul…. Un Lyonnais qui laissait toujours traîner ses yeux sur les gamines, si vous voyez ce que j'veux dire… »

Il s'était penché vers elle en disant cela.

« Vous parlez de Céline ? »

Il hocha la tête.

« Et son père, il savait ?

— Au début non, mais après… ça aurait pu dégénérer toutes ces histoires… Parce que le père Ducret, j'pense qu'il aurait pas du tout aimé ça…

— Mais dans ce cas, pourquoi personne n'a jamais parlé de ce Lyonnais ?

— Parce que personne savait à ce moment-là… et puis, si y'en a qu'avaient des doutes, ici on s'mêle pas des affaires des aut'. Faut aussi qu'vous sachiez que le Lyonnais et le père des p'tites, ils connaissaient l'avocat d'Annecy, celui qui défendait Matthieu… J'crois bien qu'ils avaient tous fait l'armée ensemble… lui, l'avocat et le père de Clara…

— Et le vieux Sam dans tout ça ? Vous croyez qu'il a quelque chose à voir là-dedans ?

— Bah… en fait, j'crois pas… mais va savoir… parce que j'voyais bien qu'il s'en méfiait aussi du Lyonnais quand il le croisait… Mais ce qui m'étonne, c'est qu'il vous ait dit de venir me voir, moi…

— Pourquoi ?

— S'il sait quelque chose, il aurait pu vous l'dire directement ! À moins qu'il ait des remords ou des doutes ! P't-être qu'il préfère que je risque ma peau à moi ! P't-être ben que j'devrais aller lui causer un peu à c'bougre d'animal ! »

Alice s'enfonça dans le dos de sa chaise en bois pour réfléchir quelques instants. En réalité, le vieux Sam ne lui avait jamais dit d'aller voir le père Martial ; elle avait joué quitte ou double ce jour-là, pour parvenir à engager la conversation avec le vieil homme. Et Sam lui en voudrait certainement s'il apprenait ce qu'elle avait fait… Le père Martial reprit :

« Ce Lyonnais, j'ai toujours pensé qu'c'était un voyou et une tête de con ! Il avait l'œil vraiment mauvais, et la gamine, elle avait la mauvaiseté dans l'sang celle-là aussi ! Pas étonnant qu'elle ait fricoté avec, tiens ! Son père, il aimait pas le voir débarquer, même s'ils se connaissaient. Et quand il le croisait au village, à chaqu' fois, il évitait d'lui parler et il rentrait aussi sec avec sa femme et les p'tites chez eux. Mais y se s'rait pas douté que l'aut', il s'taperait sa gamine… Alors s'il l'a appris, il aura peut-être voulu régler ses comptes… Et puis, le Lyonnais, il avait rien à lui. Tout était à sa femme à Lyon, et la maison ici aussi ! Et d'après c'que j'sais, il lui devait aussi son boulot, à sa femme. Mêm' que maintenant il a pris du grade. J'aime bien lire les journaux… À ce qui s'dit, il a r'pris les magasins de meubles du beau-père, en plein Lyon… Une très belle affaire, à c'qu'y paraît… Alors il aurait gros à perdre, celui-là, si on découvrait qu'il aurait fait des choses pas belles ici… Et maintenant qu'il a le bras plus long et qu'il a fait son trou dans les affaires, y doit en connaître du monde, et pas que des gens bien, à mon avis…. En plus, j'ai toujours trouvé ça bizarre qu'il soit jamais r'venu ici après toute cette histoire… C'est pour ça qu'j'ai creusé un peu… »

Le père Martial était en fait une mine d'informations. Alice, ravie de le voir enfin lui lâcher ce qu'il savait, lui resservit du thé.

« Et Clara, elle est au courant pour Sam ?

— Ah ça non. Enfin, pour autant que j'sache. Le vieux Sam, y s'est bien occupé de tout après l'drame. Mais jamais il lui a dit quoi que ce soit. Y pensait qu'au bien-être de la p'tite. D'ailleurs, j'me suis toujours dit qu'c'était bien con tout ça, étant donné la situation. Parc'qu'au moins, la gamine elle aurait encore quelqu'un de vivant dans sa famille… J'en ai bien causé avec lui quelques fois mais j'vous dis pas le r'gard méchant qu'il m'a lancé ! Y m'a dit qu'il me casserait la gueule si j'en parlais… Alors bon, comme j'tiens quand même à mon museau, j'ai laissé tomber. Mais bon, moi j'dis qu'il devrait lui parler… elle a plus qu'lui maintenant…

— Ce n'est pas faux ce que vous dites, Monsieur Martial... Et d'après vous, ce serait ce Lyonnais qui aurait pu m'agresser l'autre jour ?

— Ça se pourrait... ou bien l'avocat aussi... ou un de ses sbires à lui aussi, parce que celui-là, c'est comme celui de Lyon, y doit bien connaître du mauvais monde ! Et puis les nouvelles vont vite par ici... il a dû apprendre que vous fourriez vot' nez partout depuis quelques temps !

— Vous connaissez son nom au Lyonnais ?

— Ça se pourrait...

— Monsieur Martial ! C'est peut-être le moment de me le dire, vous ne croyez pas ? D'autant qu'avec tout ce que vous savez, vous risquez peut-être vous aussi des ennuis avec ce type, non ? Je sais que son prénom est Benoit.

— Eh eh... je vois que vous aussi, vous aimez fouiner... et que vous avancez... Son nom, c'est Leschère... Benoit Leschère... ouaip.... Je garde tous les articles qui le concernent dans un joli dossier... au cas où... et puis aussi c'qui se dit sur l'avocat. J'l'aime pas non plus, celui-là. »

Il secoua la tête de gauche à droite à plusieurs reprises et termina son thé en silence. Cela faisait un bon moment qu'ils discutaient, coupés parfois dans leurs échanges par le bruit de la sonnette qui annonçait l'entrée de clients. La nuit était tombée depuis longtemps sur le village. On était en décembre et les jours s'étaient vraiment raccourcis.

« Une dernière question, Monsieur Martial... vous seriez prêt à témoigner en faveur de Matthieu si on vous le demandait ? »

Le vieil homme fronça le nez.

« M'ouais…. Y mérite bien ça, le gamin. »

Alice posa sa main sur son avant-bras et lui sourit franchement.

« Je remonte chez lui dans un moment. Je vous dépose chez vous ?

— Avec plaisir, jeun' dame. Y commence à faire frisquet ces jours-ci et la nuit tombe vite… et j'aimerais pas me faire renverser par une voiture !

— Je sers mes derniers clients et j'arrive. Vous m'attendez ici ? »

Il hocha la tête et resta patiemment attablé. Du coin de l'œil, elle l'observa régulièrement, constatant qu'il semblait parfois se parler à lui-même. Elle se demanda s'il avait encore toute sa tête…

À dix-neuf heures trente, les clients se faisant rares, elle retourna l'écriteau sur la porte et ferma la boulangerie. Ils passèrent chez elle pour qu'elle puisse prendre le nécessaire pour un séjour de quelques jours ; après tout, autant avoir ce qu'il fallait sous la main au chalet. Avant de s'installer dans le 4x4, le vieil homme leva les yeux vers le ciel et huma l'air.

« Y va neiger cette nuit. Faites attention à pas glisser demain matin en v'nant.

— C'est promis, Monsieur Martial », lui répondit-elle en riant.

Une fois qu'elle l'eut déposé devant chez lui et qu'elle se fut assurée qu'il était bien rentré, elle reprit sa route jusque chez Matthieu Deschamps et gara son 4x4 devant le perron du chalet en bois. L'intérieur éclairé l'attira comme un papillon et elle eut envie de courir s'y réfugier pour retrouver l'impression de cocon accueillant qu'elle avait déjà ressenti la veille. Avant même d'avoir frappé, la porte s'ouvrit sur un Matthieu souriant et visiblement très heureux de la voir à nouveau là.

« J'espérais que ce soit bien vous… Je m'inquiétais un peu, comme je ne savais pas trop à quelle heure vous finiriez… Entrez vite, j'ai fait du feu. »

Il la poussa à l'intérieur, et elle fut ravie de quitter le froid glacial de l'extérieur, tombé en même temps que la nuit. Le vieux Martial avait raison, ça sentait déjà la neige dehors. Elle quitta ses chaussures et accrocha son manteau à la patère, tandis que son hôte lui servait un verre de vin. Il le lui tendit et lança une omelette aux cèpes en cuisine.

« J'espère que vous aimez ça. Je les ai ramassés à l'automne.

— Ça m'a l'air parfait. »

En quelques minutes, le repas fut prêt. Ils s'installèrent à table et Alice se régala.

Un repas simple mais délicieux, comme elle les aimait. Elle lui relata sa journée, la visite du père Martial et ses paroles. Matthieu fronça les sourcils.

« Je n'étais pas au courant de tout ça… Pourquoi n'en a-t-il pas parlé ?

— Vous me l'avez dit vous-même, ici les gens ne se mêlent pas des affaires des autres… Il vous apprécie beaucoup, mais il n'était sûr de rien à l'époque. Et c'est un solitaire, qui vit seul dans son coin et ne veut pas qu'on vienne l'embêter. Mais à mon avis, l'âge aidant, il aimerait bien voir justice se faire... Et l'important, c'est que maintenant nous savons qui est ce fameux Lyonnais, et que selon moi, nous avons assez d'éléments pour faire avancer les choses !

— J'espère que Martial n'ira pas se vanter d'en savoir trop...

— En tout cas, pas ce soir. Je l'ai personnellement raccompagné chez lui. Demain, je me renseignerai sur Leschère via internet, et nous irons voir les gendarmes. Il est grand temps d'échanger avec eux pour leur donner envie de creuser et de relancer une enquête. Et puis comme ça, nous ne serons pas seuls dans la confidence et ça pourrait nous sauver la vie à tous… »

Ils trinquèrent en finissant l'omelette et passèrent une excellente soirée. La meilleure pour Alice depuis des années. Et, bien qu'elle n'en soit pas complètement consciente, la meilleure également pour Matthieu Deschamps depuis bien bien longtemps…

Le lendemain, à quatre heures du matin, elle ouvrit les yeux en entendant sonner son réveil, appuya dessus pour l'éteindre et resta quelques instants encore sans bouger, à savourer le silence qui l'entourait. Elle réalisa qu'elle n'avait pas fermé la porte de sa chambre à clé la veille au soir, ce qui la fit sourire intérieurement. D'un geste, elle rejeta la couette et se leva pour s'approcher de la fenêtre. La lune projetait encore sa lumière douce. Tout était blanc dehors. Le père Martial ne s'était pas trompé ; il avait bien neigé pendant la nuit…

Ce jour serait important, elle le savait ; c'était le jour où, avec Matthieu, ils iraient demander à ce que l'enquête soit réexaminée. Elle s'habilla et descendit en silence pour prendre un café. Puis elle se faufila dehors et partit pour la boulangerie, roulant au pas sur la route enneigée. Heureusement, la couche de neige n'était pas trop épaisse et elle atteignit le village en moins de vingt minutes.

Tourner les pages et avancer

Clara se réveilla en sursaut. Sa nuit avait de nouveau été agitée. Plus son départ pour Comancy approchait, et plus son sommeil se détériorait. Depuis quelques jours déjà, elle se réveillait au petit matin, brusquement et en nage. Assise dans son lit, elle passa une main dans ses cheveux, essayant de se rappeler pour la énième fois son rêve. Mais comme à chaque fois, elle n'en gardait que quelques bribes. Toujours les mêmes. Elle semblait revivre ce fameux jour où elle avait perdu toute sa famille. Elle entendait des cris, des hurlements, elle voyait une course folle dans la forêt. Et c'est toujours à ce moment-là qu'elle se réveillait et que le rêve volait en éclats.

Elle avait eu beau réfléchir, elle ne trouvait pas de logique aux images qui tournaient dans sa tête. Elle était partie dormir chez une copine le soir de la tuerie, après sa dispute avec sa sœur. Encore sous le coup de l'émotion provoquée par son échange virulent avec Céline, elle avait traversé le jardin et coupé par les bois situés sous la maison. Elle se rappelait s'être arrêtée en chemin pour pleurer toutes les larmes de son corps. Quand elle s'était

sentie mieux, elle avait repris son trajet et retrouvé son amie qui l'attendait et l'avait réconfortée à son arrivée. Elle n'avait pas été poursuivie, elle n'avait pas entendu de hurlements comme dans son rêve. Mais alors, d'où provenaient les images de ses cauchemars ?
Elle se leva, enfila ses chaussons et alla remplir la bouilloire, qu'elle mit à chauffer. Elle ouvrit son frigo, en sortit la bouteille de lait presque vide et un pot de confiture à la fraise. Elle attrapa du café soluble et des biscottes, et emporta le tout à table. Dehors, le temps était encore tout gris. Habituel cependant à Paris pour un mois de décembre. Elle versa une cuillère de café soluble dans son bol, qu'elle remplit d'eau bouillante, puis ajouta une goutte de lait. C'est comme ça qu'elle aimait son café au lait du matin. Tout en dégustant ses biscottes à la confiture, elle repensa à l'appel d'Alice. Depuis, elle tournait et retournait dans sa tête les mots de son amie. Soit elle devrait se résoudre à passer Noël toute seule, voire même à rester à Paris, soit elle acceptait le fait de revoir Matthieu et même de passer toute une soirée en sa présence, ce qui ne pouvait se faire sans avoir eu auparavant une explication avec lui... Alice avait-elle raison ? Etait-il innocent ? Clara se sentait si seule face aux derniers évènements et à ce qu'elle vivait. Tant d'années à porter ce fardeau sur ses épaules l'avaient épuisée. Elle avait tellement envie de pouvoir tourner la page, de passer à autre chose et de vivre enfin, tout simplement. Avoir des projets, trouver quelqu'un, fonder une famille peut-être... Il était encore temps...

Elle pensa à son travail, à ses collègues et à ce qu'étaient leurs vies comparées à la sienne. Elle repensa à Alice, à ce dîner de Noël, à son amie qui lui avait dit que ses parents seraient là eux aussi… Elle se sentit à nouveau triste, et se demanda si elle avait réellement envie de se retrouver là-bas… Certes, il y aurait le vieux Sam… heureusement…

Son téléphone émit un bip. C'était un texto. De son collègue Antoine. Il lui demandait si elle venait courir avec lui entre midi et deux. Elle s'empressa de lui répondre que oui. Antoine et elle courait ensemble depuis six mois déjà et elle appréciait ces moments de défoulement physique. Elle rangea rapidement ses affaires de petit déjeuner, prit sa douche et s'habilla, puis se fondit dans la foule du métro pour rejoindre son bureau. Elle n'avait toujours pas pris de décision, mais une idée commençait cependant à germer dans sa tête. Elle se dit qu'il était peut-être temps d'écouter les signes envoyés par la vie.

Le lendemain soir, Clara attrapait son téléphone et envoyait un message à Alice. Oui, elle acceptait de voir Matthieu, de lui parler même, et aussi de passer Noël sous le même toit que lui. Mais elle ne viendrait pas seule. En fait, Clara avait fait un grand pas en avant. La veille même. Comme si un déclic s'était produit en elle. Cette envie de tourner la page, de se donner une chance d'être heureuse, semblait soudain avoir pris le pas sur le reste. Elle avait alors décidé de parler de ce qui lui arrivait à Antoine, son fameux collègue et partenaire de footing. C'était venu comme ça, pendant leur entraînement de

midi. Elle lui avait tout déballé, d'un seul coup. La séance s'était soudain trouvée écourtée et ils l'avaient terminée assis sur un banc du parc, grelottant tous les deux à cause du froid. Quand elle s'était arrêtée de parler, Antoine l'avait regardée droit dans les yeux et lui avait juste dit :
« Je n'ai rien prévu pour Noël. Si tu veux, je viens avec toi. En plus, ça fait une éternité que je ne suis pas allé skier. »
Elle en était restée la bouche ouverte pendant quelques secondes, et la seule chose qu'elle avait trouvée à lui répondre avait été :
« D'accord, d'accord. Je descends en voiture. »
Il lui avait souri, s'était relevé et était reparti en courant vers leur bureau, elle sur ses talons. Et même si elle se demandait encore si c'était une vraie bonne idée, au fond d'elle-même, sans savoir vraiment pourquoi, elle se sentait soulagée, contente même, en pensant qu'Antoine serait à ses côtés. Il était entendu qu'il viendrait quelques jours et remonterait soit en train, soit avec elle en fonction des évènements. Elle en arrivait presque à se dire qu'elle serait à présent capable d'affronter une rencontre avec Matthieu.

Une semaine plus tard, elle récupérait Antoine devant chez lui à huit heures du matin et ils quittaient Paris pour la Haute-Savoie. Après six heures de route, sa voiture attaqua les derniers virages qui les mèneraient à la grande bâtisse. Clara se fit la remarque que tout semblait plus gai, par le simple fait de ne pas voyager seule. Antoine, par sa présence et son humour, qu'elle avait déjà eu l'occasion d'apprécier à de nombreuses reprises, avait su animer le trajet, ce qui l'avait empêchée de sombrer dans la mélancolie et dans les affres de son passé. À l'approche des montagnes, il avait partagé avec elle ses propres souvenirs d'enfance, entre batailles de boules de neige et chutes de ski, ce qui l'avait fait beaucoup rire. Elle n'avait pu s'empêcher de comparer ce voyage à celui réalisé quelques temps auparavant, lorsqu'elle était revenue pour la première fois dans la maison familiale. Cette fois, pas de boule d'angoisse coincée dans la gorge ni de pensées négatives. Juste un trajet animé. Comme cela faisait du bien…

Même la grande bâtisse lui parut plus joyeuse ; comme si elle avait attendu son retour avec impatience. Antoine lui emboîta le pas et l'aida à ouvrir les volets. Elle lui indiqua l'une des chambres d'amis, et chacun s'installa. Puis ils remontèrent en voiture pour faire quelques courses à Thônes. Au retour, Clara en profita pour s'arrêter à la boulangerie et saluer Alice. Elle lui présenta Antoine, qui s'éclipsa presque aussitôt après, sous prétexte de faire le tour des ruelles avoisinantes.

« Il a l'air charmant. »

Alice lui souriait, avec malice.

« Cela fait longtemps qu'on travaille ensemble. Et je t'avoue que je n'avais pas envie de venir seule.

— Je pense que c'est une bonne idée que tu as eue là.

— Tu loges encore chez Matthieu ?

— Oui. Je pensais être déjà rentrée chez moi, mais les

gendarmes ne voulaient pas que je réintègre mon logement tant que ma baie vitrée n'avait pas été réparée. L'artisan était débordé et j'ai dû attendre des jours et des jours. Mais ça y est, c'est fait depuis hier, et je vais enfin pouvoir retrouver mon petit chez-moi… Au fait, je dois aussi te raconter les derniers rebondissements. Et dis-moi, tu es toujours d'accord pour rencontrer Matthieu ?
— Oui… même si je ne te cache pas que je ne sais pas trop quoi en penser.
— Je comprends. Mais crois-moi, il est temps que la lumière soit faite sur ce drame ; ça vous a suffisamment gâché la vie à tous les deux. Il faut que vous puissiez avancer. »
Elles restèrent silencieuses quelques instants. Puis Alice reprit :
« Je parlerai à Matthieu ce soir. Si ça te va, je lui proposerai d'organiser une rencontre entre vous. Que vous puissiez discuter. »
Clara hocha la tête.
« Où préfèrerais-tu que cela se passe ?
— J'imagine qu'un lieu neutre serait le mieux ?
— Je pense qu'il faut surtout que ce soit un endroit où vous vous sentiez tous les deux suffisamment sereins, en confiance…
— Tu as raison.
— Réfléchis de ton côté et si tu as des idées, envoie-moi un texto.
— D'accord. »
Clara soupira et regarda machinalement autour d'elle.

« Alice, je voudrais te poser une question…
— Oui, bien sûr…
— Est-ce qu'il y a quelque chose entre Matthieu et toi ? Je veux dire… de plus sérieux que le fait que tu aies sympathisé avec lui ? »

Alice la regarda droit dans les yeux. Elle hésitait à lui parler des sentiments qu'elle développait à l'égard de Matthieu Deschamps. Quelle serait la réaction de Clara ? Et en même temps, elle savait que celle-ci ne serait pas dupe bien longtemps. Il lui suffirait de les voir ensemble pour comprendre que quelque chose s'était installé entre eux en son absence. Alice se demanda si Clara éprouvait encore des sentiments pour Matthieu malgré les années et le drame vécu. Mais le fait qu'elle ne soit pas venue seule cette fois la rassurait un peu sur le sujet. Avoir invité son collègue montrait sa volonté, peut-être encore inconsciente, de vouloir passer à autre chose. Alice choisit donc d'être honnête avec elle.

« Franchement, je ne sais pas. Je préfère te dire les choses comme elles sont. Je l'apprécie, c'est vrai. Nous avons fait quelques balades ensemble et depuis que je loge au chalet, je découvre quelqu'un qui me plaît beaucoup, je ne vais pas te le cacher. Mais pour l'instant, il ne s'est rien passé de plus. Et je ne veux pas qu'il se passe quoi que ce soit tant que nous n'aurons pas fait la lumière sur ce qui est arrivé il y a quinze ans.

— Merci pour ta franchise, j'apprécie vraiment… »

Clara pensait réellement ce qu'elle disait. Alice le vit dans son regard. À présent au moins, les choses étaient claires entre elles.

« Nous sommes passés à la gendarmerie. »

Alice lui raconta les derniers évènements survenus ; la piste du Lyonnais, et le fait que des liens anciens unissaient probablement le propre père de Clara au Lyonnais et à l'avocat. Elle omit cependant volontairement de lui parler du vieux Sam et de ce que le père Martial lui avait révélé à son sujet.

« Nous avons partagé tout cela avec les gendarmes, ne serait-ce que pour nous protéger, nous, mais aussi le père Martial. Matthieu espère qu'ils trouveront un lien entre tout ce qui se passe aujourd'hui, et le drame qui s'est produit à l'époque. Cela permettrait que l'enquête soit rouverte. Et il est en train de chercher un nouvel avocat. Maître Dubec lui semble à présent beaucoup moins fiable… »

Clara accusa le coup, même si elle se doutait depuis quelques temps que cela arriverait. Alice reprit :

« Je suis consciente que c'est un moment difficile pour toi, Clara. Mais c'est nécessaire, pour lui comme pour toi, d'ailleurs. Il n'y a que comme ça que vous pourrez avancer dans vos vies respectives.

— Je sais. C'est juste que… les mauvais souvenirs réapparaissent tous en même temps… et ça m'angoisse… »

Alice serra son amie contre elle.

« Je te promets que je suis là et que tu peux compter sur moi.

— Ça aussi, je le sais. »

Clara sourit avant de continuer :

« Je dois moi aussi te parler de quelque chose. Depuis plusieurs semaines, je fais le même rêve, ou plutôt le même cauchemar en réalité, toutes les nuits. Mais je n'arrive pas à relier entre elles les pièces du puzzle. »

Elle lui décrivit ce qui revenait en boucle pendant son sommeil. Alice la rassura. Peut-être que son inconscient avait déjà intégré ce besoin d'avancer et que les choses remontaient doucement à la surface. C'était plutôt bon signe, selon elle. Quoi qu'il en soit, les choses allaient forcément se mettre en place au fur et à mesure, à présent…

De retour chez Matthieu le soir même, Alice attendit qu'ils soient passés à table pour lancer la discussion. Elle lui raconta l'arrivée de Clara et la présence de son collègue. Matthieu écouta en silence. Puis elle lui annonça que Clara était d'accord pour le rencontrer, pour qu'ils se parlent enfin après toutes ces années. Matthieu cessa de manger, se leva et s'approcha de la fenêtre, toujours sans un mot. Alice était consciente des émotions qu'il devait ressentir à cet instant précis. Elle quitta la table à son tour et s'approcha de lui.

« Ça va aller ? »

Il hocha la tête.

« Je dois dire que j'appréhende. Quand j'ai tenté d'échanger avec elle il y a quelques mois, elle était terrorisée et si agressive à mon égard. J'espère que ce ne sera plus le cas.
— Elle ne s'attendait pas à vous voir, Matthieu. Elle

n'était pas prête. Aujourd'hui, elle l'est. Ça change tout, croyez-moi. Mais dites-moi, Clara avait-elle déjà fait preuve d'agressivité à votre égard dans le passé ?

— Non, jamais. Elle pouvait se montrer un peu inflexible ou dure parfois, c'est vrai, mais jamais elle n'a été agressive avec moi. »

Il soupira.

« Maintenant que je suis au pied du mur, je ne sais pas comment aborder tout ça.

— Je vous aiderai à préparer cette rencontre, si vous le souhaitez. Et je peux aussi commencer à amorcer les choses avec elle, de mon côté… Ensuite, vous avez votre histoire et là, c'est vous qui gèrerez. »

Ils regagnèrent la table et finirent de dîner. Alice lui demanda s'il avait une idée de lieu pour organiser leur rencontre. Matthieu réfléchit :

« Je pense qu'il faut que ce soit dans un endroit où elle se sente en sécurité. Peut-être qu'on pourrait demander au vieux Sam s'il accepterait que l'on se voit chez lui ?

— Mais oui ! Je n'y avais pas pensé, mais c'est une excellente idée ! Je vais passer le voir demain pour lui en parler. Je pense aussi lui faire part de ma discussion avec le père Martial.

— Vous êtes sûre de vouloir faire ça ?

— Oui. S'il est le père biologique de Clara, il est peut-être temps qu'il le lui dise. Il est âgé, et le seul parent vivant qui reste à Clara à présent. Ce serait dommage qu'elle l'apprenne trop tard. Cet homme a pris soin d'elle pendant des années et tous les deux méritent de se trouver, vous ne pensez pas ? »

Le lendemain, il était environ quatorze heures quand elle arriva devant le domicile du vieux Sam. Elle avait quitté les Bois Rians et Matthieu Deschamps aux aurores le matin, comme à son habitude, pour aller s'occuper de sa boulangerie. Son esprit n'avait cessé de vagabonder jusqu'à ce qu'elle tourne l'écriteau en position « Fermé » et traverse le village à pied jusqu'au chalet du retraité. Elle toqua à la porte. Un pas lourd se fit entendre sur le plancher à l'intérieur. Le vieux Sam apparut dans l'embrasure.

« Bonjour, Madame la boulangère ! » lui lança-t-il avec un large sourire.

« Comment allez-vous ? Des clients ce matin ?

— Oui, Sam. J'ai eu du monde dès l'ouverture ! Je vois la différence depuis que la saison de ski a commencé ! Les saisonniers et les clients m'attendent tous, tous les jours, devant la porte ! Et puis, avec les fêtes, l'activité s'accélère !

— Que me vaut cette visite ? Entrez donc ! »

Il l'invita à le suivre dans la petite cuisine.

« Je vous offre un café ? Ou un thé peut-être ?

— Un café, volontiers. Merci. »

Alice retira son gros blouson et essuya ses bottes. Il faisait bien chaud à l'intérieur. Au passage, elle entraperçut un beau feu qui crépitait dans la cheminée en pierre du salon. Elle rejoignit le vieux Sam qui s'installait sur un coin de la vieille table en bois, une cafetière à la main.

« Sam, je suis venu vous parler de Clara. »
Le vieil homme fronça les sourcils et elle vit passer une lueur d'inquiétude dans son regard.
« Quelque chose ne va pas avec Clara ?
— Non, non, ne vous inquiétez pas. Vous savez qu'elle est arrivée hier ?
— Ah oui ? Je ne le savais pas. Maintenant qu'elle a rénové la maison, elle n'a plus besoin de moi pour y venir et tout remettre en marche toute seule ! », dit-il en riant.
« Elle est venue pour Noël. Et pas seule... Un collègue à elle l'accompagne.
— Tiens donc ! En voilà une nouvelle ! Je suis bien content pour elle ! Il est temps qu'elle passe à autre chose...
— Ne vous emballez pas, pour le moment ce n'est qu'un collègue. Même si je suis visiblement du même avis que vous sur la question ! »
Alice rit de bon cœur avec lui. Puis elle reprit avec sérieux :
« Sam, si je suis là, c'est parce que j'aimerais vous parler de plusieurs sujets importants la concernant...
— Je vous écoute, jeune dame.
— Tout d'abord, sachez que suite à mon agression et à certains éléments que j'ai découverts récemment, et transmis à Matthieu Deschamps, il y a de fortes chances pour que l'enquête soit rouverte. Nous avons rencontré les gendarmes cette semaine. Ils nous ont annoncé que les derniers évènements avaient été portés à la connaissance du Procureur. Celui-ci ouvrira peut-être une information... »

Le vieil homme la fixa en silence. L'expression de son visage semblant montrer une certaine satisfaction.

« Ensuite, je voulais vous dire que Clara s'est enfin décidée à rencontrer Matthieu. S'ils arrivent à se parler, je pense qu'elle comprendra que Matthieu n'est certainement pas l'assassin de sa famille. »

Le vieux Sam continuait de la fixer sans rien dire, hochant néanmoins la tête en signe d'approbation.

« Il y a un autre point que je voudrais aborder avec vous… J'ai discuté avec le père Martial hier. Je crois qu'il avait besoin de parler du passé… et de ce qu'il pense savoir. Il m'a parlé de liens qui existaient entre le père de Clara, le Lyonnais et l'avocat, Maître Dubec. Vous étiez au courant ?

— Je sais effectivement qu'ils se connaissaient, c'est vrai, mais je ne sais rien de plus… Je ne les ai jamais côtoyés, et je voyais bien que Jacques Ducret ne les aimait pas vraiment, lui non plus…

— Selon Martial, le père de Clara aurait pu découvrir que Benoit Leschère entretenait une liaison avec Céline. Ça pourrait avoir été la raison d'une forte dispute qui aurait mal tourné…

— Je n'étais pas au courant de ça… mais il n'a pas tort. Si tel avait été le cas, Jacques n'aurait effectivement pas du tout apprécié… Et l'avocat ? Qu'a donc à voir Maître Dubec dans tout ça d'après vous ?

— Je ne sais pas, mais ce qui est certain, c'est qu'ils se connaissaient tous les trois de longue date.

— Et vous pensez que c'est l'un d'eux qui vous a

agressée ?

— Oui. Effectivement. A mon avis, il y a de fortes chances qu'ils soient concernés. Et si ce n'est pas l'un d'eux directement, c'est quelqu'un qui aura très certainement été envoyé par eux, selon moi…

— Les gendarmes le savent ?

— Oui, je leur en ai parlé. C'est pour ça qu'ils préfèrent que je ne reste pas seule chez moi. »

Le vieux Sam se leva et leur resservit un deuxième café. Alice le sentait bouillir intérieurement.

« Mais vous n'avez pas de preuve, n'est-ce pas ?

— Pour le moment, non. Ni pour mon agression, ni pour les meurtres. Il faut dire que le ou les responsables sont vraiment malins… Sam, si de votre côté, vous savez quoi que ce soit, c'est le moment d'en parler… À moi, et plus tard comme témoin si nécessaire. »

Sam la fixa à nouveau. Mais il ne semblait toujours pas décidé à s'exprimer. Alors Alice tenta le tout pour le tout.

« Il y a une dernière chose… Lors de notre conversation, hier, le père Martial m'a parlé de vous… et de la mère de Clara…

— Qu'est-ce que ce vieux brigand a bien pu vous raconter comme bêtises ?

— Sam, il m'a dit que vous êtes le père biologique de Clara. »

Le visage du vieil homme se décomposa.

« C'est n'importe quoi !

— Si vous le dites… »

Elle marqua un temps d'arrêt.

« Mais si c'est vrai, ne croyez-vous pas qu'il est temps d'en parler à Clara ? »

Le septuagénaire se leva et fit les cent pas. Alice l'observa tenter d'occuper ses mains qui s'étaient mises à trembler, et de masquer le trouble qui l'avait envahi. Il saisit le tisonnier et alla s'affairer devant la cheminée dont le feu s'était presque éteint. Elle le vit remuer les cendres et le reste de bois brûlé, jeter une nouvelle bûche dans l'âtre, reposer le tisonnier, puis rester immobile devant le foyer, les deux mains appuyées sur le dessus du linteau. Et soudain, il parla.

« Marie, la mère de Clara, m'a appelé ce soir-là. »

Alice le regarda, étonnée.

« Je n'étais pas chez moi et je n'ai donc pas décroché. Quand je suis rentré, j'ai trouvé un message sur mon répondeur. Elle me disait simplement : « Sam, il faut que tu viennes. Il y a un problème avec Céline. Jacques est furieux et j'ai peur que ça dégénère. ». J'ai bien senti du stress dans sa voix... Mais il était tard et j'étais épuisé. Je me suis dit que je passerais le lendemain matin... Mais le lendemain c'était trop tard. Quand je suis arrivé, c'était un véritable carnage... C'est moi qui ai appelé les gendarmes. Je leur ai dit que de la route, j'avais vu la fumée qui venait du cabanon et que ça m'avait interpellé, ce qui était la stricte vérité.

— Vous ne leur avez pas parlé du message ?

— Si, mais comme je l'avais effacé, je leur ai juste raconté que Madame Ducret m'avait demandé de passer ce matin-là pour couper du bois. Et que j'avais machina-

lement supprimé le message car il n'avait pas grand intérêt. Sur le coup, je n'ai vraiment pas pensé que ça aurait pu orienter l'enquête différemment…
— Et pour Clara, c'est la vérité ? Vous êtes vraiment son père biologique ? »
Le vieux Sam hocha la tête. Alice l'avait rejoint devant la cheminée.
« Je ne pouvais pas parler de ma relation avec sa mère aux gendarmes… Clara l'aurait appris et je ne voulais pas que cela arrive. Les choses étaient déjà tellement difficiles pour elle… vous imaginez ce qu'elle aurait enduré ? Je n'avais rien à voir avec ce drame et j'ai pensé qu'il valait mieux me taire. J'ai été comme tout le monde, j'ai suivi le procès sans comprendre ce qui s'était réellement passé. Très franchement, je ne voyais pas quel lien il pouvait y avoir entre une dispute au sujet de Céline et les meurtres. Ça n'avait pas de sens. Quand les doutes se sont portés sur Matthieu Deschamps, cela m'a étonné, c'est certain, mais je n'étais pas un expert. Tout était contre lui, même si j'ai eu du mal à y croire. Et ma seule priorité a été d'essayer de protéger Clara à partir de ce moment-là… »
Alice soupira. Elle ne put s'empêcher de penser à Clara, à Matthieu Deschamps aussi. Elle se demanda quelles autres vérités seraient bientôt révélées au grand jour et quel impact elles auraient aujourd'hui… et aussi ce qu'elles auraient pu changer à l'époque, si les gens ne s'étaient pas tus…
« Sam, je voudrais vous demander plusieurs services.
— Bien sûr, si je peux aider.

— Je crois que vous le pouvez bien plus que vous ne le pensez. Tout d'abord, accepteriez-vous que la rencontre entre Clara et Matthieu se passe ici, chez vous ?

— Chez moi ? C'est étrange comme idée, je trouve…

— Au contraire ! Ils ont besoin d'un lieu neutre. Vous les connaissez tous les deux, et même si vous avez cherché à protéger Clara avant tout, vous n'avez jamais montré de parti pris. Ils pourraient se retrouver dans un café ou un restaurant, ou tout autre endroit public, c'est vrai, mais ça leur serait difficile de s'exprimer librement. Chez l'un ou chez l'autre, ce n'est pas non plus envisageable. Alors que chez vous, c'est un terrain neutre. »

Le vieux Sam réfléchit. Il avait envie d'aider à faire avancer la situation. En même temps, un dernier doute subsistait dans son esprit. Un doute qu'il avait toujours eu depuis ce jour si triste.

« Alice, je comprends votre approche et elle me paraît sensée. Cependant…

— Qu'est-ce que vous tracasse tant ? Je vois bien que quelque chose vous chagrine, Sam…

— Qu'est-ce qui se passera si Clara se révèle être impliquée ? Voilà ce qui me chagrine tant…

— Que voulez-vous dire ? Vous pensez qu'elle pourrait l'être ?

— Non, non… Je ne sais pas… en fait, je n'en sais rien ! »

Il secouait la tête et avait haussé le ton de la voix en disant cela.

« Est-ce que vous m'avez vraiment tout dit, Sam ?

— Bien sûr ! Mais… il y a quelque chose dans les décla-

rations de Clara à l'époque qui m'a toujours perturbé.
— Dites-moi…
— Elle avait déclaré aux gendarmes qu'après sa dispute avec sa sœur, elle était directement partie dormir chez une amie.
— Oui, c'est aussi ce qu'elle m'a dit.
— Le problème, c'est qu'elle a mis du temps pour y arriver…
— Que voulez-vous dire ?
— Il s'est passé plus de trois heures entre son départ de la maison et son arrivée au village.
— Comment l'a-t-elle expliqué aux gendarmes ?
— Elle leur a dit qu'elle était passée par les bois et s'était arrêtée en chemin pour pleurer tout son saoul. Mais est-ce que cela a vraiment pu durer aussi longtemps ? »
Il regarda Alice, le regard tremblant. Alice baissa la tête.
« Je ne saurais pas vous dire… C'est possible… Et si les gendarmes s'en sont contentés, c'est que ça tenait forcément la route comme explication.
— Vous savez comme moi que l'enquête a été bâclée ! Et je ne veux pas prendre le risque de voir Clara finir en prison ! »
Alice prit quelques instants pour réfléchir avant de répondre au vieil homme. Elle l'aurait bien interrogé sur les accès colériques de Clara dont lui avait parlé Mélanie Martin, mais le voyant si bouleversé, elle renonça.
« Ecoutez, je ne crois pas une seconde que Clara ait quelque chose à voir avec la mort de sa famille ! Mais elle a besoin de connaître la vérité sur ce jour terrible. Sinon,

elle n'arrivera jamais à avancer, et ça, vous le savez très bien ! Si, comme vous le craignez, il s'avérait qu'elle soit impliquée, vous croyez vraiment que ça lui rendra service qu'elle reste sans le savoir ? Ça ressortira un jour où l'autre, et d'une manière ou d'une autre ! Et puis, si elle est impliquée, cela veut aussi dire qu'elle a subi un traumatisme tel, qu'elle ne s'en souvient apparemment même plus. Un traumatisme enfoui au plus profond d'elle-même, complètement refoulé. Et ce n'est pas bon du tout. Sam, je vous en prie, acceptez que cette rencontre ait lieu, et qu'elle se passe ici… pour elle… »
Samuel Chapuis passa ses mains sur son visage ridé et ferma les yeux. Dans un soupir, il acquiesça.
« Merci. Merci beaucoup.
— Vous vouliez me demander autre chose ?
— Oui. Je voulais aussi vous demander où vous pensiez passer Noël. Je ne sais pas encore où et comment nous allons organiser ça, ni dans quel état d'esprit cela aura lieu, mais je pense que ce serait bien que vous soyez là. Et ce serait l'occasion pour vous de passer ce moment avec votre fille… Peut-être que cela vous donnera envie de lui parler de certaines choses…
— Je… je vous promets d'y réfléchir… »
Elle hocha la tête et le remercia encore. Ils finirent leur café et elle se retira.

Secrets bien cachés

Alice terminait de servir un client quand elle vit entrer deux gendarmes dans la boulangerie. Ces deux gendarmes qu'elle commençait maintenant à bien connaître… Ils attendirent que tous les clients présents soient sortis pour s'approcher du comptoir, arborant un air sombre qui ne plût pas du tout à la jeune femme.
« On peut vous parler ? »
Alice hocha la tête, alla retourner l'écriteau en position « Fermé » sur la porte et revint vers eux. L'un des deux hommes prit la parole :
« C'est le père Martial… »
Alice sentit sa gorge se nouer et son cœur s'affoler. Elle alla s'asseoir à l'une des petites tables, suivie par les deux gendarmes.
« On vient de le retrouver mort. Chez lui, devant sa porte. »
Alice blêmit et porta la main à sa bouche.
« Que s'est-il passé ?
— Après votre visite, nous nous sommes rendus chez lui. Et il était prévu qu'on y retourne aujourd'hui pour véri-

fier qu'il allait bien. Quand nous sommes arrivés, nous l'avons trouvé étendu dans la cour, sans vie.
— Oh non… »
Alice sentit les larmes lui monter aux yeux.
« Ce n'est pas tout. Au début, nous avons pensé qu'il était tombé de son balcon, parce que le garde-corps avait cédé et que la porte de son chalet était grande ouverte. »
Alice repensa à sa première visite et à la peur qu'elle avait eue à cause de la vieille rambarde en bois. C'est vrai qu'elle était en très mauvais état.
« Mais quand nous avons vu l'intérieur du chalet, le doute s'est installé. Tout était sens dessus dessous. Ecoutez… au vu des derniers événements, nous sommes vraiment inquiets pour vous, mais aussi pour tous ceux qui s'intéresseraient à nouveau à l'affaire Matthieu Deschamps. Il est fort probable que Monsieur Martial ait été soit suffisamment effrayé pour tomber par mégarde du balcon, soit volontairement poussé, et donc que nous ayons affaire à un homicide volontaire. Autrement dit, un meurtre. »
Alice ouvrit grand les yeux, prenant conscience de tout ce que cela sous-entendait. Elle se leva et fit quelques pas.
« Nous attendons les résultats de l'autopsie de Monsieur Martial. En fonction des conclusions, dont nous sommes à peu près sûrs, pour tout vous dire, une nouvelle information sera certainement ouverte par le Procureur de la République en raison du lien fort possible entre l'affaire Deschamps et la mort de Monsieur Martial… Nous voulions également vous prévenir que c'est la

Brigade de Recherches d'Annecy qui va prendre la suite. Vous serez très prochainement convoqués dans le cadre de l'enquête, vos amis et vous. Il a aussi été décidé de vous mettre sous protection, Mademoiselle Morel, au vu des tentatives d'intimidation que vous avez déjà subies. Pouvez-vous loger au moins encore ce soir et demain soir chez Monsieur Deschamps, le temps que nous nous organisions ? »
Alice hocha la tête, encore sonnée.
« Très bien. Mon collègue va rester avec vous, pendant que je monte jusqu'au chalet de Monsieur Deschamps pour échanger un peu avec lui, et lui donner quelques recommandations de prudence. »
Alors que le gendarme se dirigeait vers la porte, Alice ajouta :
« Attendez… Clara Ducret vient d'arriver avec un ami pour les fêtes. Nous sommes censés passer Noël tous ensemble, avec ma famille également… Et autre chose… je viens de me souvenir d'un détail… Lors d'une discussion avec le père Martial, il m'a parlé d'un dossier qu'il gardait… dans lequel il conservait des articles à propos de Benoit Leschère et de Maître Dubec, l'avocat de Matthieu Deschamps… »
Le gendarme fronça les sourcils.
« Nous n'avons rien trouvé sur place, et il n'a pas mentionné ce point quand nous l'avons rencontré, mais on va chercher. Pour Noël, nous verrons s'il est possible de vous permettre de maintenir ce que vous aviez prévu, mais nous ne pouvons rien vous promettre. »

Il quitta la boulangerie, laissant Alice sous la surveillance de son collègue. Quelques nouveaux clients se présentèrent à la porte et la boulangère se dépêcha d'ôter la pancarte et de les servir. Malgré l'émotion qui la tenaillait à présent, sa journée n'était pas terminée. Elle prépara un café pour le gendarme, qui s'installa discrètement à la table la plus à l'écart pour attendre l'heure de la fermeture. Un peu plus tard, elle l'entendit prendre un appel. Quand il eut raccroché, il l'informa qu'il la raccompagnerait chez elle à la fin de sa journée, pour prendre des affaires si besoin, puis l'escorterait jusque chez Matthieu Deschamps. Un autre gendarme prendrait alors le relais pour rester avec Matthieu et elle durant la nuit, et l'accompagnerait désormais dans tous ses déplacements. La jeune femme soupira. Il ne manquait plus que ça !

En arrivant aux Bois Rians, Alice retrouva Matthieu qui l'attendait, l'air inquiet. Le gendarme leur redonna les consignes à respecter, accueillit son collègue chargé de rester avec eux pour la nuit, puis les salua avant de s'éclipser. Le nouvel arrivant se présenta et leur dit qu'il dormirait dans le salon. Matthieu lui proposa de dîner avec eux, mais il déclina. Il avait prévu son propre ravitaillement.
Les deux trentenaires s'isolèrent donc dans la cuisine. Le silence était pesant. Matthieu leur servit un peu de vin. Le regard dans le vague, il lança la discussion, à voix basse.

« Tout cela est de ma faute… »

Alice l'observa un instant, avant d'ajouter, elle aussi à voix basse :

« Non, vous n'y êtes pour rien. C'est moi qui ai tout déclenché. J'aurais dû être plus prudente, et insister plus fortement auprès du père Martial pour qu'il fasse attention à lui. Je n'ai pas su voir toute l'importance et la dangerosité de ses révélations…

— Je n'arrive pas à croire ce qui vient de se produire… Je suis tellement désolé pour Martial…

— Matthieu, ce qui vient d'arriver prouve que le véritable assassin est aux abois. Qu'il sait que nous sommes tout près de le démasquer.

— Vous pensez à Benoit Leschère ?

— Oui, précisément. Je suis de plus en plus convaincue qu'il est impliqué. Mais je ne serais pas surprise que Maître Dubec le soit également. À vrai dire, la seule chose qui nous manque, c'est de comprendre le mobile exact. Si nous arrivons à découvrir ce qui a déclenché tous ces meurtres, cela nous aidera peut-être à trouver les preuves qu'il nous manque. Et le père Martial ne sera pas mort pour rien. »

Matthieu Deschamps hocha la tête.

« Vous avez raison Alice. Maintenant, il nous faut trouver la vérité. Je ne supporte pas l'idée que quelqu'un d'autre puisse encore être tué. On s'en est déjà aussi pris à vous, et je suis très inquiet pour Clara et peut-être même pour le vieux Sam.

— Moi aussi, je ne vous le cache pas…

— Dans ce cas, reprenons tout depuis le début. Avant votre arrivée, j'ai longuement réfléchi ; j'ai retrouvé quelques grandes feuilles de papier qui traînaient dans un meuble de ma chambre. Je vais les chercher et je vous propose qu'on pose tout ça par écrit… ça nous aidera certainement. »

Alice acquiesça. Dans sa tête se formait aussi un autre plan, mais qu'elle comptait bien garder, celui-ci, uniquement pour elle-même. Matthieu s'éclipsa quelques minutes, avant de revenir, les bras chargé des grandes feuilles, d'un rouleau de scotch et de feutres de couleur. Il fixa les feuilles sur les portes des meubles de cuisine et tendit l'un des feutres à Alice. Le gendarme allait et venait dans la maison, observant au passage leur manège, sans un mot.

Alice dessina une grande frise, sur laquelle elle s'employa à noter les évènements survenus à l'époque.

« Bon, alors… si on résume… Vous vous disputez avec Céline quand vous lui dites vouloir avouer votre relation à sa sœur. Céline rentre chez elle et se dispute à son tour avec Clara, qui prend ses affaires, et quitte la maison pour aller passer la nuit chez une amie. Elle coupe par les bois sous la maison, dit aux enquêteurs s'être arrêtée en chemin pour pleurer, mais ne se présente chez son amie que trois heures plus tard. Ce qui nous paraît très long… »

Alice reprit son souffle et continua.

« De votre côté, vous avez dit être rentré directement chez vous après la dispute avec Céline, et être resté avec vos parents ce soir-là, n'est-ce pas ?

— Oui, c'est ça. Ils l'ont dit et redit aux enquêteurs, à mon avocat et au juge, mais ces derniers ont considéré qu'ils cherchaient uniquement à me défendre. Et comme personne d'autre n'a pu confirmer que j'étais bien chez eux…

— D'accord. On sait aussi que Marie, la mère de Clara, a tenté de joindre le vieux Sam ce soir-là, mais qu'il n'a pas répondu. C'était à quelle heure déjà ? »

Alice se creusa les méninges quelques minutes avant de retrouver l'heure de l'appel, qu'elle nota sur l'une des grandes feuilles. Elle ajouta ensuite les évènements du lendemain, avec la découverte des lieux et des victimes par le vieux Sam. Puis sur une autre feuille, elle dessina des visages et posa à côté de chacun les noms des différentes personnes impliquées. La famille Ducret, le vieux Sam, Matthieu Deschamps et ses parents, le père Martial, Benoit Leschère dit le Lyonnais, l'avocat Maître Dubec, et Mélanie Martin, l'amie de Céline Ducret. Elle ajouta entre les visages les liens connus, et parfois des points d'interrogation. Le gendarme avait continué de les observer, les laissant faire. Absorbés par leur échange, ils ne le virent pas téléphoner, ni détailler à son interlocuteur leur occupation du moment. Ils sursautèrent donc, surpris, en entendant qu'on toquait à la porte du chalet. Le gendarme se leva et alla ouvrir sans un mot, laissant apparaître un homme en civil qu'Alice ne connaissait pas. Il ôta sa parka, les fixa l'un après l'autre, puis se tourna vers les grandes feuilles de papier.

« Je suis le Lieutenant Louvières, de la Brigade de

Recherches d'Annecy. C'est moi qui dirige l'enquête. On me dit que vous vous prenez pour des détectives privés depuis un moment… »
Les deux trentenaires le saluèrent de la tête et baissèrent les yeux en silence, ne sachant comment réagir.
« J'aimerais que vous me montriez où vous en êtes. »
Alice releva la tête :
« Oui, oui, bien sûr… »
Elle respira un grand coup, et parcourut à voix haute les feuilles accrochées aux placards, citant les informations collectées, les interrogations soulevées, les questions sans réponse.
Le lieutenant écoutait attentivement.
« Qu'en déduisez-vous ?
— Les liens entre Benoit Leschère, Maître Thomas et le père de Céline Ducret n'étaient pas connus à l'époque, de même que la relation entre Benoit Leschère et Céline Ducret elle-même. Ces deux pistes n'ont jamais été explorées, et je ne serais pas étonnée qu'elles détiennent une partie des réponses aux questions que nous nous posons.
— Je vois que vous mentionnez un lien entre Madame Ducret et Samuel Chapuis ?
— Oui… »
Alice hésita un instant, mal à l'aise.
« En fait, j'ai découvert que Clara Ducret était la fille naturelle de Monsieur Chapuis. Mais elle ne le sait pas ! »
Alice avait presque crié ces derniers mots.
« Et je ne suis pas sure que cela ait un rapport avec les

meurtres…

— Ça, ce n'est pas à vous d'en juger…. Ce que je vois surtout, c'est que Monsieur Chapuis ne nous a clairement pas tout dit. Et Monsieur Martial dans tout ça ?

— Je pense que le père Martial avait surtout, et malheureusement pour lui, un côté « commère de village ». Il observait les gens, leur vie. Et comme je l'ai mentionné à vos collègues, il semble qu'il ait constitué, au fil du temps, un dossier sur Benoit Leschère et Thomas Dubec.

— Nous sommes retournés chez Monsieur Martial dès que vous nous en avez parlé, mais mon équipe n'a rien trouvé. Soit son ou ses visiteurs ont trouvé le mystérieux dossier, soit le père Martial a voulu se faire mousser en vous racontant ça…

— Ou troisième hypothèse, le dossier existe bel et bien, et Martial l'a caché… ailleurs que dans le chalet… »

Le lieutenant acquiesça.

« Nous allons de toute façon contacter sa banque, son notaire, et tout autre personne ou organisme susceptible de détenir ce dossier. D'autres conclusions, Mademoiselle Morel ?

— Eh bien, pour le moment, non…

— Très bien. Je vous remercie pour votre travail. Il est excellent, même si je ne vois pas d'un très bon œil le fait que vous partagiez tout cela avec Monsieur Deschamps ici présent, qui reste pour le moment le principal concerné, et ce, même si il a payé sa dette à la société. Monsieur Deschamps, j'espère sincèrement que les espoirs de Mademoiselle Morel ne seront pas déçus, que vous n'êtes pas impliqué dans ce qui est en train de se passer, et que votre innocence sera confirmée. Mais pour le moment, je vous demande à tous les deux d'arrêter de jouer les détectives, avant tout pour votre propre sécurité. Cela m'embêterait vraiment d'avoir d'autres morts sur les bras. »

Il renfila sa parka et allait partir, quand voyant comme l'ombre d'une hésitation dans les yeux d'Alice, il se ravisa.

« Mademoiselle Morel, j'aimerais vous dire deux mots en privé. Pouvez-vous sortir avec moi sur la terrasse, s'il vous plaît ? »

Alice enfila ses bottes et un manteau, et le suivit. La nuit était silencieuse. Le lieutenant attendit qu'elle ait refermé la porte.

« Mademoiselle Morel, j'ai l'impression que vous ne m'avez pas tout dit… »

Alice hésita.

« Ecoutez, si vous me cachez encore quelque chose, je vous embarque pour entrave à l'exercice de la justice, c'est clair ? Si ça continue, vous en saurez bientôt plus que moi, et c'est une option qui ne me convient pas du tout. Dois-je vous rappeler ce qui vient d'arriver au père Martial ? Alors dépêchez-vous de me dire ce que vous me cachez.

— Le problème, c'est que je ne veux pas m'avancer, car cela risque de porter préjudice à quelqu'un.

— À qui ? A Monsieur Deschamps ?

— Non.
— Dans ce cas, dépêchez-vous de parler. »
Alice soupira.
« Il s'agit de Clara Ducret.
— Poursuivez...
— En fait, plusieurs choses m'interpellent. »
Il l'encouragea à continuer.
« D'une part, le fait qu'à l'époque, on ait noté qu'il s'était écoulé plus de trois heures entre le départ de Clara de chez elle, et son arrivée chez son amie. Ça me paraît énorme. Je n'ai pas rencontré son amie, mais j'envisageais de le faire…
— N'y songez plus. Nous nous en chargerons. Sachez aussi que je me suis fait la même remarque, et je ne suis guère convaincu non plus par l'argument comme quoi elle se serait arrêtée pour pleurer. Quoi d'autre ?
— Le fait que plusieurs personnes m'aient mentionné que Clara avait été sujette à de fortes sautes d'humeur lorsqu'elle était jeune.
— C'est-à-dire ?
— Des réactions apparemment violentes…
— Et qui vous en a parlé ?
— Mélanie Martin, l'amie de Céline, et dans une moindre mesure, Matthieu Deschamps. J'ai du mal à accepter cette idée, mais je ne peux pas m'empêcher de me dire qu'il y a peut-être un lien. Et en même temps, je n'ai pas envie de nuire à Clara. Parce que cela n'a peut-être aucun rapport.
— C'est noté. Je vous promets de ne pas tirer de

conclusions hâtives. Mélanie Martin, vous l'avez donc rencontrée ?

— Oui, c'est elle qui m'a parlé des nombreux amants de Céline. Et du Lyonnais. C'est quelqu'un qui a la langue bien pendue…

— Envoyez-moi ses coordonnées par texto, s'il vous plaît. »

Il lui tendit une carte de visite, sur laquelle était inscrit son nom « Bertrand Louvières », ainsi qu'un numéro de téléphone portable. Alice la glissa dans la poche de son jeans, tandis que le lieutenant rouvrait la porte d'entrée pour la laisser passer, saluait les occupants et s'en allait. Matthieu Deschamps la questionna du regard. Elle lui dit simplement :

« J'ai eu droit à un petit recadrage… »

Ils dînèrent en silence, puis chacun gagna sa chambre pour la nuit, laissant le gendarme s'installer sur le canapé. Alice resta longtemps assise dans son lit, songeuse. Elle était persuadée que les gendarmes ne trouveraient pas le dossier du père Martial. Ni chez le notaire, ni dans un coffre à la banque, ni ailleurs… Selon elle, le dossier était toujours chez lui, mais où, si ce n'était dans le chalet ? Et si l'assassin revenait fouiller et le trouvait avant eux ? Ce serait certainement la fin de tout espoir de retrouver le meurtrier du père Martial, et sans doute de la famille de Clara…

Le lendemain, Alice se leva aux aurores, pour se rendre à la boulangerie et préparer sa journée. Une jeune fille du village l'aidait à la vente pendant toute la durée des fêtes, mais cela n'allégeait pas pour autant la phase de production matinale qu'elle se devait d'assurer...

Avant de descendre au rez-de-chaussée, elle alla gratter tout doucement à la porte de la chambre de Matthieu Deschamps, pour lui parler avant son départ. Quelques secondes plus tard, la porte s'entrebâilla, laissant apparaître la tête ébouriffée et encore toute endormie du trentenaire.

« Alice ? Que se passe-t-il ?

— Je dois partir travailler. Est-ce que je peux vous parler quelques instants ? », chuchota-t-elle.

Matthieu ouvrit la porte pour la laisser passer, puis la referma derrière elle sans faire de bruit. Dans le noir et à tâtons, il se dirigea vers une lampe de chevet qu'il alluma maladroitement, puis il s'assit sur son lit et interrogea sa visiteuse du regard. Alice réalisa qu'il était en caleçon et T-shirt, et se sentit soudain gênée, mais ce qu'elle avait à lui dire ne pouvait attendre le soir. Elle reprit à voix basse :

« Je suis désolée de vous réveiller, mais je voulais vous reparler de l'organisation de votre rencontre avec Clara. Il faut que vous puissiez vous parler le plus tôt possible...

— Alice, ça me paraît quelque peu compliqué à présent...

— Matthieu, c'est au contraire encore plus urgent maintenant ! Il faut vraiment que vous vous parliez tous les deux. Que vous arriviez à vous faire à nouveau confiance. Surtout avec ce qui vient de se produire ! Je vais l'appeler aujourd'hui. Et puis, j'appellerai aussi le vieux Sam pour qu'il passe à la boulangerie. Il faut qu'il parle à Clara de son côté. Le fait qu'il soit son père va forcément être abordé à un moment ou à un autre. Elle ne peut quand même pas apprendre la vérité par la gendarmerie ! Ce serait une catastrophe ! »

Matthieu acquiesça, imaginant avec effroi une telle situation. Alice avait raison. Mais voir s'accélérer les choses et penser au moment, qu'il redoutait tant, où il devrait s'expliquer avec Clara, l'angoissa soudain. Il soupira, conscient qu'il n'avait dans tous les cas pas le choix. Et en son for intérieur, il était heureux qu'Alice soit là pour prendre les choses en main…

Celle-ci quitta la pièce en silence, puis descendit plus bruyamment au rez-de-chaussée pour prendre son petit déjeuner. Le gendarme, qui l'avait entendue arriver, déjeuna puis partit avec elle.

Dans la matinée, elle appela comme prévu le vieux Sam pour lui proposer de venir prendre un café à la pause du déjeuner, comme elle resterait à la boulangerie. Il arriva vers quatorze heures, le regard inquiet et l'air abattu ; il avait appris la mort du père Martial. Alice choisit la table la plus éloignée du gendarme en civil qui se tenait debout près du comptoir, car elle ne voulait pas qu'il puisse entendre ce qu'elle avait à dire au vieux Sam.

Le septuagénaire parla le premier.

« Je suis effondré, Alice. Je n'arrive pas à croire ce qui

est arrivé à Martial. On l'a tué n'est-ce pas ? Je suis sûr qu'on l'a tué ! »

Alice hocha la tête en silence.

« Ce vieux renard était toujours en train de fouiner partout. Ça allait forcément finir par lui attirer des problèmes ! Mais franchement, je n'aurais jamais pensé qu'on s'en prendrait à lui comme ça ! Que ça lui coûterait la vie ! »

Il secoua la tête de gauche à droite. Alice murmura :

« Sam, il faut que vous parliez à Clara…

— De quoi donc ? »

Il la fixa intensément.

« Vous savez très bien de quoi… »

Elle laissa le silence s'installer quelques instants avant de continuer à voix encore plus basse :

« Les gendarmes sont au courant. Ils lui en parleront forcément. Tenez-vous à ce qu'elle l'apprenne par eux ?

— Mon Dieu… Vous le leur avez dit ? Mais pourquoi ?

— Parce que je n'ai pas eu le choix. J'ai dû leur dire tout ce que je savais. Sam, il faut que vous alliez lui parler. Maintenant. Clara va avoir besoin de vous dans les prochains jours, les prochaines semaines. Vous êtes la seule famille qui lui reste, même si elle ne le sait pas encore. Elle est votre fille… »

Le silence s'installa à nouveau. Ils burent leur café, sans se regarder. Alice jeta un œil par la baie vitrée devant elle, laissant son regard s'envoler dans la ruelle. Elle observa un instant les passants qui longeaient les trottoirs. Avant de reprendre :

« Je vais appeler Clara après votre départ. Je dois voir avec elle si nous maintenons le repas de Noël ensemble, car les gendarmes veulent savoir ce qu'il en est. Il faut aussi qu'elle rencontre Matthieu chez vous. C'est important qu'ils se parlent tous les deux, et très vite. Vous êtes toujours d'accord ?

— Oui… bien sûr… Mais vous ne croyez pas que ça va faire beaucoup pour elle, là ?

— Je sais. Mais nous n'avons plus de temps devant nous. Croyez-moi, je pensais que nous pourrions faire les choses tranquillement, mais vous voyez bien que tout s'accélère avec la mort du père Martial. Il vaut mieux que nous prenions les devants plutôt que de voir Clara tout découvrir dans une salle d'interrogatoire…

— Vous avez raison, je le sais bien. »

Samuel Chapuis soupira, semblant s'affaisser sur sa chaise. Alice le trouva soudain vieilli, les traits creusés. Elle savait que c'était un coup dur pour lui.

« Je monte lui dire la vérité dès maintenant, c'est promis.

— Tenez-moi au courant. Et si vous en avez la possibilité, essayez de voir avec elle pour fixer le rendez-vous avec Matthieu. Je sais que je vous en demande beaucoup, mais c'est pour son bien. Et de mon côté, je l'appelle de suite. »

Le vieux Sam hocha la tête, se leva, salua le gendarme en faction qui les observait depuis un moment, le regard froncé, et quitta la boulangerie. Alice rejoignit alors l'homme en uniforme et lui indiqua qu'elle devait passer un coup de fil à son amie Clara concernant le repas de

Noël. Elle lui demanda si elle pouvait s'isoler dans l'arrière-boutique un moment. Il acquiesça. Elle attrapa son téléphone, se déplaça dans son atelier de boulangerie et composa le numéro de Clara. Celle-ci décrocha presque immédiatement, au soulagement d'Alice.

« Bonjour Alice, comment te sens-tu ? Je suis bouleversée par ce qui est arrivé au père Martial…

— Oui, moi aussi…

— Nous sommes allés marcher avec Antoine, histoire de nous changer les idées. Des gendarmes sont passés pour nous prévenir, et ils m'ont posé tout un tas de questions. Mais je n'avais pas grand-chose à dire pour les aider… Alice, tu crois vraiment que Matthieu est innocent et que le véritable assassin de ma famille est toujours là, qu'il nous guette et que c'est lui qui a fait ça au père Martial ? »

Alice hésita un instant avant de répondre.

« Clara, je pense que oui. Ecoute… il faut que tu rencontres Matthieu. Vous devez vous parler sans plus attendre. C'est important, tu comprends ?

— Oui, Alice. Je m'en rends bien compte maintenant. Et puis, tout cela n'a que trop duré. Mon Dieu, à la seule pensée que ce monstre ait aussi essayé de s'en prendre à toi à plusieurs reprises… Que tentera-t-il la prochaine fois ? S'il a tué le père Martial, il n'hésitera pas avec toi… »

Alice en eut froid dans le dos. Car son amie avait raison. Elle en prenait subitement conscience. Une boule se forma dans sa gorge.

« Clara, promets-moi de voir Matthieu dans les prochains jours, s'il te plaît.

— Oui, c'est promis. Je vais le faire.

— J'ai pensé que vous pourriez vous voir chez le vieux Sam ? Qu'en penses-tu ?

— Oh… Oui, pourquoi pas…

— Je te laisse y réfléchir. Autre chose… j'ai aussi besoin de savoir si nous maintenons le dîner de Noël chez toi ? Je comprendrais si tu voulais annuler, vu les circonstances…

— Je t'avoue que je ne sais plus trop où j'en suis…

— Je peux prévoir quelque chose de mon côté avec ma mère et mon beau-père, et je proposerai à Matthieu de venir. Et tu pourrais passer Noël avec Antoine, et pourquoi pas le vieux Sam ? Tu sais, tout le monde comprendra, Clara. On peut se laisser quelques jours et voir si on planifie un dîner ensemble plutôt pour le nouvel an par exemple… Ça nous laissera le temps de reprendre un peu nos esprits… »

Clara accepta volontiers cette alternative. La visite des gendarmes l'avait profondément chamboulée et elle se voyait mal accueillir autant de personnes chez elle le surlendemain, alors que les démons du passé refaisaient brusquement surface.

Quand Alice raccrocha, elle prévint le gendarme qui veillait sur elle qu'elle souhaitait contacter son supérieur en charge de l'enquête, puis elle composa le numéro qui se trouvait sur la carte de visite reçue la veille. Elle expliqua à Bertrand Louvières que finalement, le repas de Noël se ferait pour sa part certainement au chalet de

Matthieu Deschamps avec sa mère et son beau-père, tandis que Clara resterait chez elle, et accueillerait peut-être le vieux Sam. A voix basse, elle lui demanda aussi s'il était possible d'attendre encore quelques jours avant de dire à Clara quels liens l'unissaient à Samuel Chapuis. Elle lui expliqua que le vieux Sam allait lui parler et lui révéler qu'il était son père biologique. Le lieutenant, sans rien lui promettre, accepta d'attendre un peu dans la mesure où cela ne retarderait pas leur travail. Elle l'en remercia, puis retourna à ses clients jusqu'à la fermeture.

En rentrant chez Matthieu, elle lui fit part des changements pour le réveillon de Noël, et lui demanda s'il serait d'accord pour les accueillir, elle et sa famille. Il en fut ravi, et profondément touché. Alice le vit soudain s'animer, proposer différentes options de menu, et se lancer dans une grande réflexion autour de l'organisation de ce dîner. Elle éclata de rire, puis téléphona aussitôt à sa mère pour lui confirmer l'heure et l'adresse. Toute la soirée, elle guetta son portable, s'attendant à recevoir un appel ou un message de Clara. Le vieux Sam avait promis d'aller la voir pour lui parler. Mais Alice n'eut aucune nouvelle de son amie. Peut-être avait-elle besoin d'accuser le coup... Vers vingt-trois heures, tout le monde se coucha, et Alice coupa son téléphone, en se disant qu'elle appellerait Clara le lendemain.

À une heure du matin, cependant, Alice ne dormait toujours pas. Car c'était l'heure à laquelle elle avait prévu de mettre à exécution le plan qu'elle avait échafaudé la nuit précédente. Elle quitta sa chambre sur la pointe des pieds, un sac à dos et ses chaussures de marche dans une main, une discrète lampe torche dans l'autre. Elle avait patiemment attendu que les deux hommes – Matthieu Deschamps et l'homme de garde – se soient endormis, avant de se relever. Elle se dirigea jusqu'à l'une des salles de bain, dont elle avait laissé discrètement la porte entrouverte un peu plus tôt dans la soirée. Quand Matthieu lui avait fait visiter le chalet lors de son premier séjour, elle avait remarqué que la fenêtre de cette salle de bain donnait sur un balcon situé sur l'arrière du chalet. Durant l'après-midi, avant de quitter la boulangerie, elle avait récupéré une échelle de corde qu'elle gardait dans un placard. Elle s'était souvenue de cette échelle, qui se trouvait déjà là quand elle avait racheté la boulangerie. Elle l'avait conservée, avec un de ces fameux « au cas où, on ne sait jamais » que nous connaissons tous. Grand bien lui en avait pris ! Le jour était venu de l'utiliser enfin ! Elle la déroula et l'accrocha au balcon, en priant quand même pour que, et le balcon, et l'échelle, soient tous deux assez solides pour supporter son poids. Sinon, elle était bonne pour se casser quelque chose, même si la hauteur n'était pas très importante. Ses chaussures accrochées à son sac à dos, elle descendit prudemment le long de l'échelle, puis se rechaussa, avant de disparaître sans un bruit dans la nuit brumeuse, ses pas étouffés par la neige.

Lorsqu'elle arriva devant le chalet du père Martial, elle

s'immobilisa un moment sous un sapin, pour vérifier qu'il n'y avait personne aux alentours. Elle était venue à pied depuis les Bois Rians. La nuit était froide, et la brume l'avait enveloppée pendant tout le trajet. Alice frissonna malgré sa doudoune chaude, ses chaussures fourrées et ses gants épais. L'hiver était bien là, aucun doute ! À moins que ce ne soit la peur d'être surprise et de tomber sur quelqu'un de plus ou moins bienveillant.

« S'il y a une chose dont je suis sure, pensa-t-elle, c'est que ces documents existent et qu'ils sont encore ici ! Et pour les trouver, il faut penser comme le père Martial. » Où le vieil homme avait-il bien pu cacher ces papiers ? Alice s'approcha du chalet. Cela ne servait à rien de briser les scellés pour y entrer, puisque les gendarmes l'avaient déjà fouillé, sans rien trouver. La jeune femme tourna sur elle-même pour examiner les alentours. La brume ne lui facilitait pas la tâche. Elle passa devant le bâtiment pour le contourner par la gauche, et atteindre l'arrière du chalet ; c'est là qu'elle était tombée nez-à-nez avec le père Martial lorsqu'elle était venue lui rendre visite quelques mois plus tôt. Elle se souvint de sa frayeur à la vue du fusil pointé sur elle. Elle promena le faisceau lumineux de sa lampe torche autour d'elle, se souvenant que la dernière fois, la végétation était très dense à cet endroit. Elle aurait peut-être pu cacher un cabanon. Mais avec l'hiver, et la neige qui était tombée, tout était différent et elle dut se rendre à l'évidence ; les arbres dépourvus de leurs feuilles ne masquaient rien d'autre que la roche... Elle continua de se déplacer autour du chalet, sans succès.

« Flûte ! J'étais persuadée que je tenais une piste ! D'où venait donc le père Martial avec son fusil ? Quand j'ai appelé, personne n'a répondu ce jour-là ! Je suis sure qu'il n'était pourtant pas bien loin… »

Prête à abandonner et à rentrer, elle se figea soudain. Une idée venait de germer dans son esprit. Et si la cachette était sous terre ? Donc en ce moment, sous la neige ? Elle revint sur ses pas, s'approcha à nouveau du bosquet d'arbres dénués de feuilles, et commença à déplacer énergiquement la neige en la balayant du bout de ses chaussures. La couche n'était pas épaisse, mais elle fut vite essoufflée. Son cœur battait à tout rompre dans sa poitrine. En plus de la fatigue, ses nerfs n'étaient pas loin de lâcher. Car depuis qu'elle était partie des Bois Rians, elle avait tressailli au moindre bruit, consciente qu'elle pouvait tomber à tout moment sur un animal, ou pire, sur l'assassin qui aurait pu la suivre ou être revenu sur les lieux dans le même but qu'elle. Elle avait bien pris son petit pistolet de défense, mais cela n'avait pas suffi à la rassurer. Sentant soudain l'angoisse grandir en elle et les larmes lui monter aux yeux, elle remua encore plus vite la neige dans une dernière tentative.

Et là, elle sentit le sol tout lisse sous sa chaussure. Trop lisse pour être de la terre.

« Ça y est ! J'ai trouvé ! »

Elle tomba à genoux et finit de dégager la neige de ses mains gantées, laissant apparaître une plaque de métal, fermée par un cadenas. Elle se retourna pour observer les alentours. Pendant quelques minutes, elle ne bougea plus, respirant à peine, tout en sentant son pouls battre à cent à l'heure. Tout était calme. Pas le moindre bruit ne venait perturber le silence ouaté des lieux. La brume s'était un peu dissipée, laissant apparaître la clarté de la lune. Alice retourna vers le chalet et ouvrit la porte de ce qui ressemblait à un atelier. Elle y trouva toute une panoplie de vieux outils, parmi lesquels elle fouilla jusqu'à en extraire une grosse pince coupante. Elle s'en empara, retourna jusqu'au bosquet, et d'un coup sec, sectionna le cadenas.

« Vieux, mais efficace », constata-t-elle.

Une fois le cadenas ôté, elle put relever la plaque en métal, révélant les premières marches d'un escalier.

« C'est une cave ! Une cave dans la roche ! »

Elle braqua sa lampe torche vers le fond de l'escalier, et descendit les marches avec prudence. La cave avait été creusée à même le rocher. La lampe torche révéla tout un enchevêtrement d'objets. Ici, du matériel d'apiculture, là, des fourches et des cagettes, un peu plus loin, un énorme tas de vieux paniers plus abîmés les uns que les autres. Toute la vie du père Martial avait dû rejoindre ces lieux au fil du temps. Alice progressa vers le fond de la cave. Derrière un vieux paravent, elle s'arrêta net. C'était là. Cachés dans un coin, un bureau et une armoire, sans le moindre grain de poussière. Alice enleva ses gants d'hiver et attrapa dans une poche de son sac à dos une paire de gants fins en latex, qu'elle enfila. Puis elle ouvrit l'armoire, et poussa une exclamation. À l'intérieur, des classeurs, numérotés et nommés méthodiquement. Elle

parcourut leurs tranches jusqu'à trouver ce qu'elle cherchait. Un premier classeur, portant la mention « Matthieu Deschamps », puis un autre, peu épais, avec les noms « Ducret Leschère Dubec ». Alice les attrapa et les glissa dans son sac à dos. Elle parcourut à nouveau les dossiers restants avec le faisceau de sa lampe torche, pour réaliser que le vieil homme n'avait pas hésité à créer des dossiers sur bon nombre d'habitants du village… Elle en découvrit un troisième, étiqueté « Marie et Samuel », qu'elle ajouta dans son sac.
« Pas la peine de le laisser traîner ici, celui-là », pensa-t-elle.
Elle renfila ses gros gants et se dirigea vers la sortie. Une fois dehors, elle rabattit la plaque en métal et ramena de la neige dessus. Elle lissa la surface méthodiquement, pour que les lieux ressemblent le plus possible à ce qu'elle avait trouvé en arrivant. Puis elle effaça du mieux qu'elle put les traces de ses pas en balayant la neige avec une petite branche de sapin. Au moins, ses empreintes ne seraient pas identifiables. Elle continua ainsi jusqu'à la route, puis jeta la branche de sapin au loin. Dans son sac à dos, les classeurs pesaient lourds. Elle avait bien trois kilomètres à faire pour rentrer aux Bois Rians. Il ne fallait pas traîner. Elle éteignit la lampe torche et se mit en route, sous la lumière douce de la lune.
Une fois de retour au pied du chalet des Bois Rians, elle ôta ses chaussures, les accrocha sur son épaule et grimpa à l'échelle de corde, qu'elle récupéra et ré-enroula, avant de se faufiler à nouveau jusqu'à sa chambre, terrorisée à

l'idée de tomber sur Matthieu ou sur le gendarme. Mais tout était calme. Elle ferma sa porte à clé, se débarrassa de ses vêtements trempés par la neige, qu'elle posa sur une chaise, et vida sans bruit le contenu de son sac à dos sur son lit. Puis elle se glissa sous sa couette et alluma sa lampe de chevet, pour partir à l'assaut des secrets bien gardés du père Martial…

Révélations

Clara discutait avec Antoine dans le salon. La journée avait été difficile pour elle. La visite des gendarmes le matin même pour lui annoncer la mort du père Martial l'avait bouleversée. Après leur départ, elle avait fondu en larmes. Antoine l'avait prise dans ses bras pour la réconforter, puis lui avait proposé d'aller marcher. La balade lui avait fait du bien et lui avait permis de prendre un peu de recul face au trop-plein d'émotions qui lui était tombé dessus. En début d'après-midi, après un déjeuner entièrement préparé par Antoine, elle avait reçu un appel d'Alice. La conversation avec son amie avait relancé ses angoisses. Clara savait que le passé était en train de resurgir et elle redoutait les jours et semaines à venir. Elle pensa à Matthieu Deschamps. Elle lui en avait tellement voulu pendant toutes ces années. Pendant quinze ans, les choses avaient été claires dans sa tête : Matthieu avait tué sa famille. Il était le meurtrier. La justice avait tranché. Mais Alice avait tout bouleversé. Toutes les certitudes sur lesquelles Clara s'était appuyée pendant si longtemps semblaient désormais s'écrouler comme un fragile châ-

teau de cartes ; la jeune femme repensa à sa vie. Qu'avait-elle réellement fait depuis la mort des siens ? Elle n'avait pas réussi à construire grand-chose. Une carrière professionnelle à cent à l'heure, qui remplissait effectivement très bien ses journées et ses soirées, mais pas de vie sentimentale, encore moins de vie de famille, et des rêves qui perturbaient régulièrement ses nuits… Bref, un passé qui n'avait jamais vraiment pris sa place de « passé ».
En quelques mois à peine, toutes ses convictions s'étaient complètement vues remises en question. La mort du père Martial la glaçait. Elle était terrifiée à l'idée même qu'un meurtrier rôdait, là, dehors, et pouvait à nouveau commettre des actes aussi terribles que lors de l'assassinat de sa famille. Depuis un long moment, elle échangeait sur le sujet avec Antoine, qui l'écoutait attentivement et n'hésita pas à se ranger à l'avis d'Alice quant au fait de rencontrer très rapidement Matthieu Deschamps.
« Tu sais, Clara, je pense que ton amie Alice a raison. Je comprends que l'idée ne t'enchante guère, mais plus vite vous aurez échangé, Matthieu et toi, et plus vite vous crèverez cet abcès qui vous ronge depuis si longtemps tous les deux. Et puis, au moins, tu sauras à quoi t'en tenir. Tu n'auras sans doute pas toutes les réponses aux nombreuses questions que tu te poses depuis tant d'années, mais ce sera un début. »
Clara se promit d'envoyer un message à Alice un peu plus tard pour la prévenir qu'elle acceptait une rencontre chez le vieux Sam.

C'est à ce moment qu'elle entendit toquer à un carreau de fenêtre. Elle leva les yeux et un grand sourire se dessina sur ses lèvres. « Sam ».

Elle se leva pour lui ouvrir.

« Bonjour Sam, comment allez-vous ? Je suis si contente de vous voir. »

Le vieil homme lui sourit en retour, mais Clara remarqua qu'il ne semblait pas dans son assiette. Elle pensa aussitôt que cela était dû à la mort du père Martial, puisque les deux hommes se connaissaient bien.

« Je vous offre quelque chose à boire ? J'imagine que vous avez appris pour le père Martial, vous aussi ? »

Le vieux Sam hocha la tête mais déclina la proposition d'une boisson.

« Sam, je suis tellement désolée pour Martial. Je sais que vous le connaissiez depuis très longtemps... Mais laissez-moi vous présenter Antoine... »

Elle se tourna vers son compagnon et fit les présentations. Elle raconta au vieux Sam comment elle avait connu Antoine, et le septuagénaire lui serra chaleureusement la main. Puis il reporta son attention sur Clara.

« Clara, ma petite, je suis venu vous parler de quelque chose d'important. Auriez-vous un moment à m'accorder ? »

Puis se tournant vers Antoine :

« Ne m'en veuillez pas, mais j'ai besoin de parler seul à seule avec Clara...

— Je comprends tout à fait. Clara, je vais faire un tour au village. Je peux emprunter ta voiture ? »

Clara acquiesça et lui passa les clés et les papiers du véhicule.

« Je prends mon portable. Envoie-moi un texto quand vous aurez terminé. »

Il salua le vieil homme, adressa un petit clin d'œil assorti d'un beau sourire à Clara, et l'embrassa sur la joue avant de s'éclipser.

Le vieux Sam, observant la scène, ne put s'empêcher de penser qu'ils iraient bien ensemble... Une fois seul avec Clara, il se lança.

« Je suis désolé d'avoir chassé votre ami, mais ce que j'ai à vous dire nécessite que nous soyons seuls tous les deux. J'ai une histoire à vous raconter, et je vous demande de me laisser aller jusqu'au bout de ce que j'ai à vous dire sans m'interrompre. Ensuite, vous pourrez me poser toutes les questions que vous voudrez. »

Clara hocha la tête, intriguée, et vint s'asseoir sur le canapé, près du vieil homme.

Une heure plus tard, elle n'en revenait toujours pas. Le récit du vieux Sam l'avait bouleversée. Il lui avait tout raconté. L'amour qu'il avait eu pour sa mère Marie depuis leur enfance. Son désespoir quand elle avait épousé son père. Puis les premières années de ce mariage qui avaient passé, et le regard de Marie, qui avait changé et s'était soudain posé sur lui différemment. Leur aventure, puis la découverte de la grossesse de Marie. Et sa décision à elle d'arrêter leur histoire pour ne pas briser son couple. Il lui avait raconté sa tristesse, son déchirement face au choix de Marie et en sachant que son enfant serait élevé par un autre homme que lui. Puis comment il avait été incapable de partir et de se construire une autre vie, loin d'elles deux…

Clara revit alors les nombreux moments partagés avec cet homme auquel elle était si fortement liée sans même le savoir. Elle réalisa qu'elle avait en réalité beaucoup de souvenirs avec lui. Des souvenirs qu'il avait construit jour après jour, si discrètement, sans qu'elle s'en rende seulement compte. Et là, à cet instant précis, elle en voyait soudain toute l'ampleur. Car Samuel Chapuis avait toujours été dans sa vie. À chaque moment important, il avait été là. Et encore plus après la mort de sa famille. Il l'avait entourée de sa présence, de son soutien, il l'avait accompagnée, avec toujours la même discrétion. Jusqu'à ce qu'elle décide de partir à Paris.

Elle constata aussi qu'elle ne ressentait pas la moindre colère face à ce qu'il venait de lui révéler. Non, juste une simple… évidence. Oui, c'était ça, une évidence. Clara trouva ce sentiment à la fois très étrange et terriblement réconfortant. Elle se leva, silencieuse, et s'approcha d'une porte-fenêtre, laissant son regard partir vers le fond du jardin.

De son côté, le vieux Sam l'observait, ses sentiments à la fois mêlés de soulagement et d'inquiétude. Une boule lui serrait la gorge. Qu'allait-il se passer à présent ? Comment allait-elle réagir ? Il craignait de la perdre une nouvelle fois. Car son départ pour Paris des années plus tôt l'avait en réalité plongé dans une profonde solitude.

Clara revint s'asseoir près de lui. Il regarda ses beaux yeux bleus et lui sourit. Elle lui rendit son sourire et lui prit la main.

« Merci… Merci de m'avoir tout dit… »

Puis elle ajouta :

« Je ne savais rien de tout ça… et pourtant, maintenant, je comprends beaucoup de choses. Je vais avoir besoin d'un peu de temps… mais je crois que je suis contente de savoir que j'ai encore un père, et que ce père, c'est toi… »

Il l'attira contre lui, des larmes dans les yeux, et la serra dans ses bras.

« Je t'aime, ma fille. », lui dit-il dans un murmure.

« Moi aussi, je t'aime. Et je sais que je t'ai toujours aimé, aussi loin que je m'en souvienne, même si je ne savais pas qui tu étais pour moi. »

Ils restèrent un long moment encore ensemble, assis côte à côte. Doucement, les souvenirs communs refirent surface, partagés à tour de rôle par l'un ou par l'autre, générant sourires ou petits rires. À la fin de l'après-midi, le temps vint de se séparer. Samuel Chapuis aborda un dernier point avant de partir : la rencontre avec Matthieu. Il lui relata l'idée que lui avait soumise Alice. Clara lui confirma qu'elle était au courant, et ils décidèrent ensemble de se retrouver chez le vieux Sam le surlendemain matin à dix heures trente.

Sam l'entoura à nouveau de ses bras sur le pas de la porte :

« Clara, je serai là. Tu ne seras pas seule, d'accord ?

— Je sais… papa… Tu as toujours été là… »

Le regard du vieux Sam s'emplit de surprise quand il l'entendit l'appeler « papa ». Il la serra encore plus fort contre lui avant de se détacher d'elle et de regagner son véhicule. Ils s'adressèrent mutuellement un signe de la main, puis Clara rentra se mettre au chaud. Elle resta pensive encore un long moment, partagée entre les souvenirs qui l'assaillaient et ses émotions qui jouaient aux montagnes russes. Puis soudain, elle se rappela d'Antoine, qui devait s'inquiéter ; la nuit était tombée, et le pauvre attendait toujours qu'elle lui envoie un texto ! Elle attrapa son téléphone et s'empressa de le contacter. Un peu plus tard dans la soirée, elle pensa prévenir Alice de son échange avec le vieux Sam et de la rencontre prévue avec Matthieu le surlendemain. Mais il était tard, et elle renonça. Cela pouvait attendre le jour suivant…

Le surlendemain, Clara arriva chez Samuel Chapuis à dix heures, accompagnée d'Antoine. Elle avait eu un mal fou à s'endormir la veille, se tournant et se retournant dans son lit en repensant encore une fois à sa discussion avec Sam. Finalement, exténuée, elle avait quand même fini par sombrer dans un sommeil empli de rêves, qui la laissèrent épuisée au réveil. Elle savait qu'une nouvelle journée difficile s'annonçait. Elle avait tout raconté à Antoine, qui, depuis, était aux petits soins pour elle. Le matin même, il s'était occupé du petit déjeuner, et avait insisté pour l'accompagner et conduire. Elle lui en fut grandement reconnaissante. Angoissée par la situation,

elle se sentait totalement incapable de tenir un volant.
Le vieux Sam vint à leur rencontre et lui ouvrit grand les bras. Instinctivement, elle se précipita contre lui.
« Entrez vite au chaud. »
Il les poussa à l'intérieur. Antoine proposa de revenir un peu plus tard, mais le vieux Sam l'encouragea vivement à rester. Quand Matthieu Deschamps arriverait, ils pourraient s'éclipser pour les laisser discuter, et en profiter pour faire mieux connaissance.
Samuel était passé la veille aux Bois Rians pour finaliser la rencontre. Matthieu l'avait remercié d'avoir accepté de les recevoir chez lui. Le vieux Sam l'avait aussi prévenu qu'il avait révélé à Clara les liens qui les unissaient. Matthieu avait hoché la tête, puis lui avait dit :
« Je suis heureux pour vous. Vous méritiez de vous trouver, tous les deux. »
Il avait également prévenu Alice en lui laissant un message sur son téléphone portable, l'informant de l'heure de la rencontre, et lui résumant rapidement son échange de la veille avec Clara.

À présent, il ne restait que quelques minutes avant l'arrivée de Matthieu Deschamps. Antoine s'isola dans le bureau de Samuel Chapuis, situé à l'étage, en attendant que celui-ci vienne le rejoindre. Cela laisserait libres le rez-de-chaussée et l'accès à l'extérieur à Clara et Matthieu pour discuter.
On sonna. Samuel et Clara se regardèrent en silence. Le moment était venu. Le vieux Sam se leva et alla ouvrir.

Clara l'entendit saluer Matthieu Deschamps, et lui dire qu'elle l'attendait dans le salon. Elle déglutit. Sa bouche devint sèche et son cœur s'affola. Elle fixa la porte et soudain vit Matthieu apparaître. Samuel passa derrière lui et s'éclipsa, en lui jetant un regard plein d'encouragements. Clara reporta son attention sur Matthieu. Ils se regardèrent d'abord, sans dire un mot. Etrangement, Clara ne ressentit pas la même terreur que celle qu'elle avait connue plusieurs semaines auparavant, quand elle l'avait aperçu dans son jardin. Etait-ce le fait d'être chez Sam ? De se sentir protégée ? Ou bien l'impression d'avoir devant elle un Matthieu qui semblait aussi perdu et angoissé qu'elle-même pouvait l'être ? Debout dans l'entrebâillement de la porte, il paraissait ne pas savoir comment se comporter. Il gardait ses mains dans ses poches, et la fixait, le regard indécis, silencieux. Elle comprit qu'elle devait engager cette conversation.

Elle se leva et se racla la gorge.

« Bonjour Matthieu.

— Bonjour Clara.

— Merci d'être venu.

— Clara… je… c'est moi qui te remercie. Merci d'avoir accepté cette rencontre. Merci d'accepter qu'on se parle… »

Clara regarda autour d'elle.

« Tu veux un café ? Sam nous en a préparé, au cas où… » Matthieu accepta et la rejoignit dans la cuisine. Clara versa le breuvage dans deux tasses, que le vieux Sam avait pris soin de sortir d'un placard, et tendit l'une des tasses à son interlocuteur. Ils s'installèrent chacun d'un côté de la table, mal à l'aise. Matthieu but une gorgée, avant de s'adresser à la jeune femme.

« Est-ce que tu acceptes que je te donne ma version de ce que j'ai vécu il y a quinze ans ? »

Elle acquiesça. Ils replongèrent alors ensemble dans leur passé. Un passé douloureux, qui avait brisé leurs vies à tous les deux.

Matthieu lui raconta comment Céline l'avait poursuivi pendant des semaines, puis comment et pourquoi il avait cédé. Il s'excusa d'avoir tant blessé Clara à l'époque. Puis il lui confirma qu'il était bien resté chez lui ce soir-là, avec ses parents. Vint ensuite le récit des jours qui avaient suivi, avec la visite des gendarmes, et son interpellation. Il avait eu beau crier son innocence, soutenu par ses parents ; rien n'y avait fait. Tout s'était enchaîné, si vite, et contre lui. Abattus et désespérés, ses parents avaient accepté la proposition de Maître Dubec de le défendre. À cet instant, Clara tiqua et enregistra mentalement ce détail. Elle continua d'écouter le jeune homme dérouler son histoire avec attention. Au fur et à mesure, son angoisse s'envola, et elle s'aperçut que la colère, la haine et la peur, qu'elle avait ressenties à son égard pendant des années, faisaient place à une sorte de silence. Comme le calme après une tempête. Après tous ces drames et tout ce temps, il semblait ne rester qu'une réalité : elle était là, avec Matthieu, face à leur passé. Elle retrouvait le Matthieu qu'elle avait connu enfant, puis adolescente, puis jeune femme. Avant tout ça. Celui en qui elle avait

toujours eu confiance. Quand il eut fini son récit, elle lui raconta alors comment elle-même avait vécu tout cela. À quel point elle s'était sentie trahie, à quel point elle lui en avait voulu. Elle lui raconta sa dispute avec Céline, sa fuite chez son amie de l'époque. Le gouffre de douleur dans lequel elle avait sombré ensuite, et toutes ces années à essayer de fuir le passé. Quand elle eut fini à son tour, c'était comme si chacun d'eux avait déposé à ses pieds un énorme fardeau. Ils restèrent un moment silencieux, conscients du courage qu'il avait fallu à chacun pour vivre cette rencontre. Elle leur resservit du café.
« Que vas-tu faire maintenant ? »
Matthieu soupira.
« L'affaire va surement être à nouveau examinée, après le décès suspect du père Martial…
— Tu penses qu'on va trouver l'enfoiré qui a fait ça ?
— Oui. Oui, je pense qu'on va le trouver. Et il paiera pour tout le mal qu'il a fait à nos familles. Et à nous. »
Elle le regarda droit dans les yeux. À cet instant, elle comprit qu'Alice avait raison, que ce ne pouvait pas être Matthieu, l'assassin de sa famille. Que Matthieu était une victime, comme elle, et comme leurs familles respectives. Elle prit aussi conscience que leur histoire d'amour, elle, était bien morte avec ce drame, mais que finalement, Matthieu avait surtout toujours été comme un frère pour elle. Peut-être reprendrait-il un jour cette place… Elle pensa à Alice, et se dit que tout compte fait, ça ne la dérangerait pas de les voir ensemble tous les deux. Oui, ce serait même bien…

Après le départ de Matthieu, elle monta à l'étage pour rejoindre Samuel Chapuis et Antoine. Ils l'accueillirent avec douceur, et furent rassurés de voir que les choses s'étaient bien passées. Le vieux Sam leur proposa de rester manger avec lui. Ce fut un repas simple et très convivial. Antoine, qui était un bon vivant, toujours souriant, déclencha vite leurs rires en leur racontant quelques anecdotes amusantes, et bientôt, l'atmosphère redevint plus légère. Clara proposa au vieux Sam de passer le réveillon de Noël avec eux, et il accepta avec grand plaisir.

Vers quinze heures, la jeune femme envoya un texto à Alice :

« Hello Alice. Ma rencontre avec Matthieu s'est bien passée. Hâte de te raconter. Appelle-moi quand tu peux ! »

Alice était à la boulangerie quand elle reçut le texto de Clara. Elle soupira, soulagée par cette nouvelle. Le vieux Sam l'avait prévenue, la veille, de la rencontre à venir. Et Matthieu lui avait également relaté son échange avec le vieil homme quand ce dernier était passé aux Bois Rians. Les choses semblaient enfin s'arranger entre son amie et celui qu'elle appréciait de plus en plus, ce qui ne pouvait que la réjouir.

En attendant de rouvrir son commerce pour le goûter des enfants, elle repensa aux deux jours qui venaient de s'écouler.

Sa sortie nocturne à la recherche des secrets du père

Martial avait été riche d'enseignements. Sur les trois classeurs qu'elle avait emportés avec elle, elle n'en avait parcouru que deux : celui portant les trois noms « Ducret Leschère Dubec », et il ne lui avait pas fallu longtemps pour comprendre pourquoi la vie du père Martial n'avait plus tenu qu'à un fil quand il avait commencé à trop parler. Et celui sur Matthieu. Concernant le troisième classeur, intitulé « Sam et Marie », elle s'était refusée à le lire, et avait même hésité un bon moment sur la démarche à adopter, craignant qu'il soit trop personnel et intime pour être lu par quelqu'un d'autre que Sam lui-même. Mais elle savait qu'elle n'avait pas d'autre choix, quoi qu'il en soit, que de tous les confier à la gendarmerie.

Le lendemain matin même de sa découverte, elle avait donc contacté Bertrand Louvières et demandé à ce qu'ils puissent se rencontrer dans l'après-midi, en lui précisant qu'elle avait de nouvelles informations à lui transmettre concernant non seulement la mort du père Martial, mais aussi l'affaire Matthieu Deschamps.
Lorsque le lieutenant était passé à la boulangerie, il en avait profité pour l'informer qu'il travaillait désormais directement avec un juge d'instruction saisi par le Procureur de la République, le lien entre les deux dossiers ayant été reconnu. Alice lui avait demandé s'ils avaient retrouvé les dossiers du père Martial. Louvières l'avait regardée, sourcils froncés et lèvres pincés.

« Non, nous n'avons rien trouvé de plus. Mais quelque chose me dit que si je suis là, c'est que vous avez ignoré mes ordres de vous tenir à l'écart… Je me trompe ? »
Alice avait secoué la tête, s'était dirigée dans l'arrière-boutique et en était revenue avec son sac à dos, duquel elle avait sorti les trois classeurs. Le lieutenant s'en était saisi et avait commencé à les feuilleter.
« J'ai lu le classeur concernant Jacques Ducret, Thomas Dubec et Benoit Leschère. Et celui sur Matthieu Deschamps également. Avec le premier, vous comprendrez vite pourquoi le père Martial devenait gênant… Quant au troisième classeur, il ne me regarde pas, et je vous laisse seul juge de ce que vous voudrez en faire…
— Où les avez-vous trouvés ?
— Je suis retournée chez le père Martial… »
Louvières avait aussitôt levé les yeux, l'air mécontent. Alice s'était empressée d'ajouter :
« Je ne suis pas entrée chez lui, je vous le promets ! Vous verrez que les scellés sont intacts ! Mais j'étais convaincue que les documents étaient là-bas. Ce n'était pas possible autrement. C'est alors que je me suis souvenue de la première visite que j'ai rendue au père Martial, à l'automne dernier… »
Et de lui raconter comment elle avait, de déduction en déduction, fini par trouver l'entrée de la cave, cachée dans la roche, sous la neige. Elle lui avait alors fourni tous les détails nécessaires, mais ne put échapper pour autant au savon qu'il lui passa, pour s'être rendue seule et de nuit chez le vieil homme après avoir trompé la surveil-

lance de son subalterne, et avoir potentiellement détruit des preuves ou traces autour du chalet, en plus d'avoir pris des risques inconsidérés en termes de sécurité. Alice avait laissé passer l'orage ; elle savait que les remontrances du lieutenant étaient plus que justifiées. Bertrand Louvières s'était ensuite replongé dans le dossier sur les trois hommes, découvrant, comme Alice avant lui, des coupures de presse relatives à une très vieille affaire ; une jeune femme, tabassée à mort lors d'une soirée. Les coupures collectées montraient que l'on n'avait jamais réussi à trouver le coupable. Dans le classeur, le père Martial avait également glissé une photo des trois hommes ensemble, en tenue de service militaire. Puis, dans des sous-pochettes en papier, une pour chacun, des informations relatives à leurs vies respectives.

Pour Jacques Ducret, quelques autres photos datant de la même époque, avec sur l'arrière des annotations sur l'année et le lieu – identiques à ceux de la mort de la jeune femme – et d'autres, moins anciennes et échelonnées dans le temps, où on le voyait à nouveau avec Thomas Dubec, ou avec Benoit Leschère, au village cette fois.

Pour Benoit Leschère, le père Martial avait gardé de nombreuses coupures de presse, qui expliquaient comment l'homme avait construit sa fortune à Lyon, et quelques photos. Le lieutenant s'arrêta sur l'une d'elle en particulier. Alice, le voyant, lui précisa alors :

« Sur cette photo, c'est Benoit Leschère avec Céline Ducret. Je pense que c'est Martial lui-même qui a pris la photo. Il avait dû découvrir leur liaison et les suivre. Il y

a d'autres photos où ils sont tous les deux, et qui ne laissent aucune place au doute…
— Et Thomas Dubec ?
— Il y a aussi des photos de lui à l'époque où la jeune femme est morte tabassée. Et le père Martial a gardé tous les articles sur l'ascension de Dubec avec l'affaire Matthieu Deschamps…. Je crois qu'il était convaincu que ces trois-là ont tué cette femme pendant leur service militaire, où quelque chose du genre. Mais le problème, c'est qu'il n'y a pas la moindre preuve concrète de leur implication. Quand on lit tous les éléments collectés par Martial, ça saute aux yeux ! Mais pourtant, je n'ai pas réussi à voir comment le prouver. À part si l'un des deux encore en vie finit par avouer…
— J'emmène tous ces dossiers avec moi, Mademoiselle Morel. Vous n'avez rien pris d'autre ? »
Elle avait secoué la tête négativement.
« Est-ce que vous portiez des gants quand vous avez fait votre petite promenade nocturne, ou bien dois-je m'attendre à trouver vos empreintes un peu partout ? »
Elle lui avait confirmé qu'elle portait bien des gants cette nuit-là.
« Un vrai détective… je pourrais presque vous proposer de rejoindre mon équipe, si vous voulez changer de métier. Ecoutez, je vous promets de vous tenir au courant de la suite, mais de votre côté, ne parlez de ces informations à personne. Vous m'entendez ? Personne. Ni à votre amie Clara, ni à Matthieu Deschamps, ni même au vieux Sam… Nous allons les analyser et voir ce que nous

pouvons en faire.

— D'accord... Mais je pense sincèrement qu'à moins que Benoit Leschère et Thomas Dubec n'avouent ce qui s'est passé, ils réussiront à s'en sortir… Si vous les convoquez, ils vont se méfier et ce sera fini… il faut leur tendre un piège.

— Sans blague… et je parie, mademoiselle la détective, que vous savez déjà comment les piéger ? »

Le lieutenant lui avait adressé un petit sourire narquois.

« J'ai peut-être une idée, oui. Le maillon faible c'est l'avocat, Maître Dubec. C'est un anxieux, et je suis sure que si on se focalise sur lui…

— Eh bien, pour le moment, vous gardez cette idée pour vous, c'est bien compris ? Arrêtez de fourrer votre nez dans cette affaire pendant les prochains jours. Laissez-moi le temps d'étudier tout ça, et s'il vous plaît, profitez donc de Noël avec vos proches. Je n'ai pas envie d'avoir votre mort sur la conscience.

— Mais il faut agir maintenant !

— J'ai dit non ! Tenez-vous tranquille, et je vous promets que nous en reparlerons très vite. J'ai bien compris que vous avez toujours un temps d'avance et que je vais avoir du mal à vous tenir à l'écart. Mais là, je vous demande de m'obéir. À moins que vous ne vouliez passer Noël dans une cellule ? »

Alice s'était donc engagée à ne plus prendre de risque et à attendre que Louvières la recontacte. À présent, tranquillement attablée dans son espace salon de thé pour sa pause, elle réfléchissait encore aux derniers évènements. Elle reprit le texto de Clara, et plutôt que de la rappeler, lui renvoya un message lui proposant de la rejoindre pour prendre un thé, avant sa réouverture à seize heures. Son amie accepta aussitôt, et à peine vingt minutes plus tard, elles discutaient toutes les deux, leurs tasses à la main. Clara lui raconta la discussion bouleversante qu'elle avait eue avec le vieux Sam, et une grande partie de ses échanges avec Matthieu.

« Alice, si tu savais comme je te suis reconnaissante de tout ce que tu as fait pour moi depuis quelques mois… J'avais tellement peur de tout ce qui arrive, mais finalement, c'est tout le contraire. J'arrive encore à peine à croire que Samuel est mon père. Alors oui, cela change beaucoup de choses, et c'est comme si tout un monde que je connaissais disparaissait soudain. Comme un voile qui se déchire pour laisser apparaître une autre vérité, tu vois ? Et pourtant, j'ai un tel sentiment de bien-être et une telle sérénité en moi, que je ne peux que me dire que tout va bien se passer désormais.

— Je suis tellement heureuse pour Sam et toi. Vous méritiez de vous trouver tous les deux…

— C'est fou, Matthieu m'a dit la même chose ce matin !

— Et donc, tu me disais dans ton message que votre entrevue s'était bien passée ?

— Oui. Mais là aussi, tu vois, tout était soudain si différent. Tu as eu raison de proposer que cette rencontre ait lieu chez Sam. Je me sentais en sécurité. Antoine et lui étaient au premier étage, et quand Matthieu est arrivé, j'ai

réalisé à quel point mes peurs étaient infondées. Il était aussi perdu que moi ! Il m'a raconté sa version des évènements. Et tu sais quoi ? Ça tient tellement la route ! Vraiment ! À tel point que je comprends maintenant pourquoi tu étais, depuis le début, aussi persuadée de son innocence. Ces deux derniers jours ont changé ma vie ! Et j'espère que cela permettra de changer celle de Matthieu très bientôt. Pourvu que les gendarmes trouvent vite qui a gâché nos vies, et aussi qui a tué le père Martial. Car tout est lié, n'est-ce pas ?
— Je crains que oui… »
Les deux femmes profitèrent de la dizaine de minutes qui leur restaient pour parler de Noël, qu'elles ne passeraient finalement pas ensemble, même si elles ne seraient pas loin l'une de l'autre.

Le 24 décembre, Alice accueillit sa mère et son beau-père chez Matthieu Deschamps, comme prévu. La soirée se passa particulièrement bien, et Alice fut contente de constater que sa mère semblait apprécier leur hôte. Elle savait que cette dernière aborderait forcément, dans les jours ou semaines qui suivraient, le sujet de savoir si il y avait quelque chose entre eux – elle ne la connaissait que trop bien – et il serait bien assez temps de décider de ce qu'elle lui répondrait… quand ils les quittèrent ce soir-là, et qu'elle se retrouva seule avec Matthieu, mais toujours sous la surveillance d'un gendarme, elle proposa à son hôte de prendre un dernier verre, histoire de finir la bouteille de Champagne entamée. Tous les deux battirent, une fois de plus, en retraite dans la cuisine, pour pouvoir discuter tranquillement. La veille, Matthieu lui avait, à son tour, fait part de sa discussion avec Clara. Alice avait maintenant une vision d'ensemble de l'évolution de la situation entre eux. Une évolution positive, pour sa plus grande satisfaction. Le ciel semblait s'éclaircir et la jeune femme se dit que l'année qui commencerait bientôt leur ouvrirait à tous un nouveau champ des possibles.

Quand ils montèrent se coucher après ce dernier verre, dans le couloir entre leurs deux chambres, Matthieu la retint par la main et l'attira à lui. Il glissa une main dans ses cheveux pour la poser sur sa nuque, et l'embrassa en lui murmurant un « Joyeux Noël, Alice », auquel elle répondit par un « Joyeux Noël, Matthieu » et un nouveau baiser. Puis Matthieu desserra son étreinte et retourna vers sa chambre, la laissant seule dans l'obscurité. Elle passa ses doigts sur ses lèvres, délicieusement heureuse…

Les fêtes de Noël, puis le Nouvel An, passèrent, sans qu'Alice n'ait la moindre nouvelle de Bertrand Louvières. Et ce n'est que tout début janvier que les choses bougèrent à nouveau. Antoine, l'ami de Clara, était reparti pour Paris, de même que la mère et le beau-père d'Alice. Clara, quant à elle, avait prévu de rester encore une semaine. La protection mise en place autour d'Alice s'étant organisée, elle avait été autorisée à rentrer chez elle. Un système d'alarme avait été installé dans son appartement, et on lui avait fourni un téléphone spécial ainsi qu'un numéro à appeler en cas d'urgence. Comme rien de préoccupant ne s'était plus passé depuis plusieurs jours, Bertrand Louvières avait choisi de privilégier un autre fonctionnement que celui d'avoir un gendarme mobilisé vingt-quatre heures sur vingt-quatre. Son équipe n'étant déjà pas bien grande, et ce type de dispositif s'avérant extrêmement couteux pour le contribuable.

Matthieu Deschamps avait bien proposé à Alice de rester aux Bois Rians, mais la jeune femme avait préféré réintégrer son domicile, plus proche de la boulangerie. Le jeune homme n'insista pas. Malgré le baiser échangé le soir de Noël, les choses n'étaient pas allées plus loin entre eux pour le moment, même si Alice était consciente qu'un nouveau pas dans leur relation avait été franchi. Cela ne les empêchait pas de se voir presque tous les jours, soit pour déjeuner, soit pour se balader ou skier pendant les pauses d'Alice. Ils en profitaient pour échanger sur les évènements, sans pour autant que Matthieu soit réellement au courant de tout. Alice s'était notamment bien gardée de lui parler de sa petite virée nocturne ou de ses échanges avec Bertrand Louvières. Elle se sentait dans une position de plus en plus inconfortable vis-à-vis de Matthieu, d'une part parce qu'elle avait un peu honte de devoir lui cacher certaines informations, et d'autre part parce qu'elle craignait, lors de leurs conversations, de s'emmêler les pinceaux et de faire une gaffe, ce dont il ne manquerait pas de s'apercevoir. Bref, la situation commençait à l'énerver au plus haut point, et il lui tardait vraiment de recevoir des nouvelles du lieutenant.

Un lundi matin, enfin, son téléphone bipa : c'était un texto de Louvières, lui demandant de passer à la gendarmerie de Thônes. Elle se prépara donc en toute hâte et se présenta à l'accueil du bâtiment à l'heure demandée. Louvières l'accueillit dans le bureau qu'il occupait pour son enquête avec un café qui, l'avoua-t-il en souriant, n'avait rien à voir avec celui qu'elle servait à la boulangerie. Il lui expliqua qu'il avait pris connaissance des différents classeurs qu'elle lui avait remis, et que son équipe était retournée au chalet du père Martial fouiller la cave et mettre à l'abri tous les documents qu'elle pouvait contenir. Puis, il lui partagea le fait qu'il pensait, comme elle, qu'à moins de tendre un piège aux deux hommes pour les obliger à se dévoiler, il serait peu probable d'arriver à prouver quoi que ce soit.
« Le gros problème dans ces deux affaires, c'est que nous disposons de beaucoup d'éléments qui nous laissent penser que… mais nous n'avons aucune preuve concrète… et si je les convoque, ils sauront que nous les soupçonnons. Et là, ce sera quitte ou double. Soit cela les poussera à la faute dans un moment de panique, soit ils ne bougeront plus d'une oreille, et il sera impossible d'avancer… sachant qu'en plus, Maître Dubec, de par sa fonction, est bien placé pour réussir à leur trouver à tous les deux une porte de sortie… »

Alice hocha la tête. Elle en était arrivée aux mêmes conclusions.

« C'est pourquoi j'ai décidé de vous laisser m'exposer l'idée que vous avez évoquée il y a quelques jours…

— Très bien. Merci de votre confiance.

— Je vous écoute.

— Alors voilà. Comme je vous le disais, je pense que Maître Dubec est le maillon faible. Quand je suis allée lui rendre visite à Annecy, il m'a paru très inquiet. Juste après mon départ, je l'ai vu passer un appel, et son comportement n'était pas des plus sereins. Je pourrais lui téléphoner et lui laisser entendre que j'ai en ma possession des documents compromettants contre lui et contre Benoit Leschère, que je tiens du père Martial… À mon avis, le simple fait de mentionner son compère et le nom de Martial devrait suffire à le faire paniquer.

— Je vais y réfléchir… Je vous tiens au courant d'ici demain. »

Il se leva et la raccompagna jusqu'à sa voiture en lui rappelant de rester extrêmement vigilante lors de ses déplacements.

« Je sais que tout cela est très contraignant pour vous, mais je ne pouvais malheureusement pas mobiliser plus longtemps un de mes hommes à temps plein pour vous surveiller, Mademoiselle Morel… Faites bien attention à vous, s'il vous plaît… »

Guet-apens

Bertrand Louvières tint parole. Le lendemain matin, Alice le vit entrer dans la boulangerie. Il dut patienter un bon moment dans le petit espace du salon de thé, la file d'attente étant exceptionnellement longue. Il était huit heures trente, et de nombreux villageois se pressaient pour acheter leur pain du jour. Certains d'entre eux jetèrent des regards curieux et interrogatifs en direction du lieutenant, étonnés par sa présence en ces lieux, à une heure aussi matinale. Il leur souriait amicalement. Plusieurs vinrent le saluer avant de quitter les lieux. Louvières n'était pas dupe. Les villageois l'avaient vu à de nombreuses reprises ces derniers temps et savaient bien qu'il enquêtait sur le décès du père Martial. Cela sentait la chasse à l'information. Il éluda donc toute tentative en précisant qu'il attendait son tour, ayant pour une fois un peu de temps devant lui. Les curieux n'eurent d'autre choix que de continuer leur route, bredouilles, sous son regard amusé.

Presque vers neuf heures, Alice put enfin venir le voir. Elle lui servit un café et un croissant.

« C'est offert par la maison », précisa-t-elle. Il la remercia et l'invita à s'asseoir en face de lui.

« J'ai fait le point avec mon équipe. Votre idée nous paraît bonne. Maintenant, il nous faut passer aux détails pratiques. Pouvez-vous nous rejoindre à mon bureau ce soir à vingt heures ? Nous calerons le déroulé ensemble. Bien sûr, je vous demande à nouveau de ne pas parler de tout cela à vos amis… »

Alice hocha la tête. Elle avait volontairement évité d'échanger avec Matthieu depuis la veille pour ne pas avoir à lui donner de détails ou d'explications sur son emploi du temps du moment.

Le soir même, après sa journée, elle rejoignit l'équipe de Bertrand Louvières à la gendarmerie de Thônes. Le plan était, somme toute, des plus simples : Alice contacterait Maître Dubec par téléphone, sous écoute. Louvières avait rédigé le texte qu'elle devrait lire, dans lequel elle préciserait à l'avocat qu'elle avait trouvé des documents compromettants sur une affaire de meurtre d'une jeune femme, survenue bien des années plus tôt, et qui les impliquaient directement, Leschère et lui. Elle lui préciserait qu'elle souhaitait le rencontrer pour lui proposer un deal – les documents contre son engagement à lui à défendre de nouveau Matthieu Deschamps et à le faire innocenter. Bien sûr, elle n'omettrait pas de lui dire qu'elle aurait une partie des documents avec elle, comme preuve de sa bonne foi. Et bien sûr, elle préciserait que s'il n'était pas intéressé, elle remettrait les documents à la gendarmerie de Thônes…

« Et où aura lieu la rencontre ?

— À Thônes même. Au café, sous les arcades. Vous lui donnerez l'adresse et lui demanderez de vous y rejoindre après-demain, jeudi, à quatorze heures précises. Je suis désolé, mais vous allez devoir fermer la boulangerie pour quelques jours, Mademoiselle Morel. Je ne veux prendre aucun risque. »

Elle acquiesça, compréhensive. Si cela pouvait mettre un terme à toute cette histoire une bonne fois pour toutes, elle pouvait bien garder à nouveau porte close quelques jours, même si son portefeuille commençait à en pâtir…

« Vous l'attendrez sur place, avec un café ou un chocolat, à votre convenance. Et bien sûr, un micro et une oreillette sur vous. Histoire que nous sachions ce qui se dit, et que je puisse vous aider si besoin. Vous vous en sentez capable ? »

Alice déglutit. Comme ça, sur le papier, cela paraissait facile. Mais si Thomas Dubec s'apercevait qu'elle portait une oreillette ? Le lieutenant se voulut rassurant : le matériel dont elle serait équipée était parfaitement invisible. Il continua :

« Vous lui montrerez cette photo et cette coupure de journal. »

Alice reconnut aussitôt la photo des trois hommes en tenue militaire, puis l'article relatant la mort de la jeune femme de l'époque, qu'il venait de poser sur la table devant elle.

« Vous lui direz que le père Martial avait constitué tout un dossier sur eux, et qu'il avait trouvé la preuve de leur implication dans le meurtre de cette pauvre femme. Ne lui laissez pas le temps de parler ou de se justifier. Il ne faut pas qu'il puisse prendre la main, vous comprenez ? C'est crucial que vous meniez le jeu de bout en bout de cette rencontre. Ensuite, vous lui direz que vous lui donnez jusqu'à vendredi matin dix-heures pour vous rappeler et vous confirmer son accord sur le deal proposé. Et sinon, comme prévu, que vous donnerez le dossier aux gendarmes. OK ? »

Alice acquiesça à nouveau.

« Puis vous vous lèverez et vous partirez, en lui précisant que vous lui laissez le soin de régler votre consommation. Ça lui fera les pieds ! Vous remonterez en voiture et vous rentrerez chez vous. Si tout se passe comme nous le pensons, l'un des deux essaiera de se débarrasser de vous dans les heures ou jours qui suivront.

— Me voilà complètement rassurée !

— Ne vous inquiétez pas, nous ne vous lâcherons pas d'une semelle.

— Et vous ne craignez pas qu'ils s'en prennent à Clara, à Matthieu ou au vieux Sam ?

— Une fois que vous aurez passé l'appel, toute leur attention sera concentrée sur vous. Vous allez devenir la pièce centrale à abattre. Très rapidement. »

Alice avala sa salive, se sentant subitement envahie par la peur.

Le lendemain, elle se retrouva donc assise dans une pièce insonorisée de la gendarmerie de Thônes. Son cœur battait si fort dans sa poitrine qu'elle arrivait à peine à se concentrer. Devant elle, sur un bureau, un téléphone. Et face à elle, Bertrand Louvières.

« Vous êtes prête ? Alors on y va. »

Alice composa le numéro du cabinet de Maître Dubec, à Annecy. La secrétaire décrocha. Alice se présenta et demanda à parler à l'avocat, en prétextant que c'était vraiment très urgent.

« Dites-lui que j'ai de nouveaux éléments concernant l'affaire Matthieu Deschamps, s'il vous plaît. »

La femme mit l'appel en attente quelques secondes, avant d'informer Alice qu'elle la transférait sur la ligne de Maître Dubec.

« Maître Dubec à l'appareil. Qu'est-ce que vous me voulez encore ? »

Le ton de l'avocat se voulait sec, mais l'on décelait pourtant un mélange d'agacement et d'inquiétude dans sa voix. Alice déroula le discours travaillé avec l'équipe de gendarmerie, comme prévu. Elle fournit à l'avocat l'adresse du lieu de rendez-vous pour le lendemain, puis raccrocha sans que Dubec ait eu le temps de réagir ou de contrattaquer.

Louvières leva ses deux pouces vers elle, pour la féliciter. La première étape de leur plan s'était déroulée sans la moindre anicroche. Le lieutenant lui avait aussi annoncé un peu plus tôt, qu'à partir de maintenant, Alice allait retrouver la compagnie d'un gendarme, une femme en civil cette fois, chargée de veiller sur elle. Louvières avait suggéré de la faire passer pour une amie d'Alice, venant de Paris pour quelques jours de vacances bien mérités.

« Et maintenant, en route pour la gare d'Annecy. Votre « copine » arrive par le train de onze heures trente et vous avez hâte de la retrouver après plusieurs années sans l'avoir revue ! N'oubliez pas de lui sauter dans les bras, surtout ! »

Alice s'exécuta donc. Mais une fois dans le hall d'accueil de la gare d'Annecy, elle réalisa qu'elle ne savait même pas à quoi ressemblait sa soi-disant grande amie parisienne. Louvières avait omis de la lui décrire. Et même si elle était presque certaine que ni Dubec ni Leschère n'étaient encore prêts à surveiller ses faits et gestes, elle trouva la situation très inconfortable. Mais l'équipe de la Brigade avait tout prévu. Alors qu'Alice restait perdue dans des pensées inquiètes, observant le flot des voyageurs qui descendaient du train en provenance de Paris et se déversaient comme une immense vague dans le hall de la gare, elle entendit soudain qu'on criait son nom :

« Alice ! Ouh ouh ! Alice, c'est moi ! Je suis là ! »

Alice tourna la tête et vit une jeune femme, dont le style ne risquait pas de passer inaperçu, lui faire de grands signes, un sourire jusqu'aux oreilles. Alice entra dans le jeu, se mit à sauter sur place, et se jeta dans les bras grands ouverts de la gendarme en criant :

« Je suis tellement contente de te voir ! »

Puis elles quittèrent la gare pour se rendre au parking. Une fois en voiture, la gendarme la félicita d'avoir si bien joué son rôle. C'était parfait, selon elle.

Arrivées chez elle, Alice eut tout le temps d'observer le look vestimentaire de celle qui allait lui tenir compagnie au cours des jours à venir. Une coupe brune mi-longue, aux pointes colorées en rose fuchsia, un jean noir déchiré aux genoux, un pull, noir lui aussi, et une paire de baskets aussi roses que ses cheveux. Elle portait un piercing au nez, et des bagues à chaque doigt. Alice se dit que si Louvières avait voulu une surveillance discrète, c'était quand même raté. La jeune gendarme parût lire dans ses pensées.

« Au fait, je m'appelle Chloé, et vous pouvez me présenter comme étant Chloé Loubian. Nous étions journalistes ensemble dans votre précédente vie, dans la même maison. Et ma superbe chevelure, c'est une perruque. De même, mon piercing et ces adorables bagouzes ne sont là que pour la circonstance. »

Elle lui adressa un clin d'œil malicieux. Alice lui sourit en retour.

« En même temps, ça vous va bien… Du coup, je peux vous proposer de prendre ma chambre, pour votre séjour…

— Votre canapé est un convertible ?

— Oui, mais…

— Alors il m'ira très bien. »

Leur discussion fut interrompue par la sonnerie du téléphone d'Alice. Celle-ci regarda son écran et jeta un regard interrogatif à la gendarme.

« C'est mon amie Clara… qu'est-ce que je fais ? Je réponds ?

— Oui, bien sûr. Faites comme d'habitude. Dites-lui que votre amie Chloé vient d'arriver de Paris pour quelques jours. Mettez-vous en haut-parleur si ça ne vous dérange pas. »

Alice prit l'appel et passa en main-libre.

« Bonjour Alice, comment vas-tu ?

— Bien, et toi ?

— Je suis passée devant la boulangerie et j'ai vu que tu avais fermé pour le reste de la semaine. Ça m'a inquiétée. Tout va bien ?

— Oh, je suis désolée… avec tous les rebondissements de ces derniers temps, j'ai complètement oublié de t'en parler… mon amie Chloé, qui vit encore à Paris, est descendue quelques jours… Je ne sais plus si je t'ai déjà parlé d'elle ?

— Non, ça ne me dit rien... C'est cool. En fait, j'avais un truc à te dire… mais ce n'est pas grave, ça peut attendre… »

Alice regarda la gendarme. Elle boucha le haut-parleur du téléphone pour lui murmurer « C'est peut-être important ». La gendarme acquiesça et Alice reprit :

« Pourquoi ne passes-tu pas maintenant à la maison. Je te présenterai Chloé… Et on pourra discuter comme ça…

— Tu es sure que ça ne te dérange pas ?

— Clara, tu ne me déranges jamais, tu le sais bien. Et puis, Chloé est une personne de confiance, que je connais depuis très longtemps. Viens, je t'attends. »

Lorsque Clara sonna à la porte, Alice endossa à nouveau son rôle d'actrice et lui présenta Chloé. Cette fois, elle allait devoir la jouer finement, car Clara, qui commençait à bien la connaître, risquait fort de découvrir le pot aux roses si elle faisait la moindre erreur. Mais Clara sembla adhérer à tout ce qu'elle lui raconta. Alice s'en voulait de mentir à celle qu'elle considérait, pour le coup, véritablement comme son amie. Mais c'était pour la bonne cause. Au bout d'un moment, Chloé prétexta avoir besoin de se reposer un peu, le voyage l'ayant fatiguée, leur laissant le champ libre pour converser plus tranquillement. Elle gagna la chambre d'Alice, comme pour aller faire une sieste. Alice savait qu'elle resterait à l'écoute, cachée derrière la porte. Aussitôt, Clara profita du fait qu'elles se retrouvaient enfin toutes les deux pour partager ce qui l'avait amenée.

« Je voulais te parler de deux choses. La première concerne Matthieu. L'autre jour, quand il m'a raconté sa version de ce qui s'est passé, il m'a dit que ce n'étaient ni lui, ni ses parents, qui avaient contacté Maître Dubec pour le défendre, mais qu'en réalité, c'est Maître Dubec lui-même qui était venu les voir et leur avait proposé, pour un montant dérisoire, de défendre Matthieu. J'ai trouvé ça étrange.

— Tu as raison, Clara, c'est vraiment bizarre. Cela ne fait que conforter mes doutes sur cet avocat !
— Tu crois que je devrais en parler aux gendarmes ?
— Oui, car cela peut être important…
— Quant à l'autre chose…. Depuis que nous avons pu

nous parler avec Matthieu, je crois que des souvenirs plus précis me reviennent… »
Alice dressa l'oreille. Entre curiosité et inquiétude, elle encouragea son amie à continuer.
« Raconte…
— Tu te rappelles ce cauchemar que je fais souvent ? Eh bien, à présent, je vois des sortes de… scènes… que je n'avais jamais vues en rêve avant. Je me vois marcher en remontant le chemin, alors que jusqu'à maintenant, je descendais toujours ce chemin… et je crois que je vois le cabanon en flammes… Et ça, ça m'angoisse terriblement. Parce que si cela s'est vraiment passé, ça veut dire que je suis revenue, à un moment donné, à la maison, avant d'arriver chez Sophie, la copine chez qui j'ai dormi ce soir-là. Ça veut dire qu'il s'est passé autre chose qu'une simple chute avec perte de connaissance, au cours des trois heures entre mon départ et mon arrivée chez Sophie… »
Alice accusa le choc. Clara commençait à retrouver la mémoire.
« D'autres souvenirs te reviennent ?
— Non. Pour le moment, ce sont uniquement ces deux scènes qui tournent en boucle quand je dors. Mais je sens qu'il reste encore des zones d'ombre…
— C'est plutôt bon signe, non ? Si ça se trouve, cela fera avancer l'enquête et aidera à prouver l'innocence de Matthieu…
— Oui, mais imagine que je sois pour quelque chose dans ce qui est arrivé ? Je suis terrifiée en réalité. J'en viens à

me dire que j'ai peut-être fait du mal à ma propre famille… »

Alice prit les mains de son amie dans les siennes. Elle ne comprenait que trop bien son désarroi, elle-même s'étant posé des questions sur Clara. Elle se devait pourtant de la rassurer du mieux possible…

« Je comprends ce que tu ressens… mais tout au fond de toi, que te dit ta petite voix intérieure ?

— Que je sais des choses, même si je ne m'en souviens pas…

— Alors continue de chercher ce que c'est. Ta mémoire revient… Tu vas certainement découvrir de nouvelles informations. On verra bien ce qu'il en sort, et alors, nous aviserons.

— C'est tellement frustrant… et… angoissant ! À chaque fois que je me réveille, je crois parvenir à recoller les morceaux du puzzle, mais c'est comme si mes idées s'envolaient soudain dans tous les sens. J'essaie de les rattraper, mais en vain ! Il ne me reste que ces quelques bribes… Si tu savais comme cela m'épuise ! »

Alice prit son amie dans ses bras et la serra contre elle. Quand Clara se sentit mieux, Alice poursuivit :

« Clara, je voudrais te poser une question…

— Dis-moi…

— Lorsque j'ai rencontré Mélanie, elle m'a parlé de réactions assez violentes, que tu aurais eues étant jeune… »

Clara se raidit, mais répondit presque aussitôt.

« C'est quelque chose dont je n'aime pas parler… Quand j'étais enfant, j'ai souffert de troubles du comportement.

Je pouvais m'emporter très facilement. Cela se traduisait par de grosses colères, assez impressionnantes. Mais je n'ai jamais fait de mal à qui que ce soit, ni à moi-même d'ailleurs. J'ai très vite suivi des séances chez un pédopsychiatre, qui m'a appris à gérer ces phases de crise.

— Matthieu était au courant ?

— Etonnamment, il est le seul avec qui aucune crise ne se soit jamais déclenchée… C'est peut-être pour ça qu'il a toujours eu une place particulière dans ma vie… C'est quelqu'un qui me rassurait…

— Il m'a parlé de ta réaction lors de votre rencontre à l'automne. Il m'a dit que tu t'étais montrée agressive à son égard et que ça l'avait surpris…

— C'est vrai… Aujourd'hui encore, quand j'ai vraiment très peur, ou que je suis très stressée, il peut m'arriver de m'énerver, mais j'ai appris à canaliser ces émotions. Mais dis-moi, j'espère que tu ne penses pas que… »

Son regard s'était soudainement agrandi. Alice serra ses mains et secoua la tête :

« Non, Clara, je ne pense rien du tout. Je te remercie de m'avoir expliqué tout ça.

— Je n'aurais jamais pu faire de mal à ma famille. Même si je suis pleine de doutes en ce moment… Tu me crois, au moins ?

— Oui, je te crois. »

Clara se leva alors pour partir. Elle avait encore quelques courses à faire et l'après-midi allait vite passer, comme toujours.

Alice lui proposa de les retrouver, Chloé et elle, pour

boire un verre le soir même, mais Clara déclina l'invitation pour cette fois. Une fois la porte refermée, Alice se tourna vers la gendarme, qui venait de sortir de sa chambre.

« Alice, je vais devoir partager avec le Lieutenant Louvières les propos de votre amie… J'espère que vous comprenez ?

— Je comprends tout à fait. Et je pense même que c'est indispensable, car cela lui amènera des informations complémentaires importantes pour la suite de son enquête… »

Une fois sortie de chez Alice, Clara remonta son col et serra son écharpe devant son nez. Il faisait un froid glacial. Un brouillard était retombé sur le village et il neigeait à nouveau. Cela rendait la rue très silencieuse. Clara soupira bruyamment. Elle aimait la neige, mais là, le temps était vraiment déprimant ! Il lui fallait regagner sa voiture, garée un peu plus haut. Elle glissa ses mains dans ses poches, et commença à remonter la rue, le regard baissé sur le trottoir et sur ses pieds, pour éviter de glisser. Elle entendait le crissement de ses pas sur la neige qui avait déjà commencé à s'accumuler sur le sol. Elle aimait ce bruit si particulier. Lorsqu'elle arriva à l'angle de la rue, elle heurta de plein fouet une silhouette qui se tenait debout, juste au coin. Déroutée, elle leva les yeux, surprise et un peu sonnée, et croisa très brièvement le regard de la personne. C'était un homme, dont le visage était en grande partie caché par le col haut de sa parka, et qui s'esquiva aussitôt, visiblement pressé. Clara resta figée sur le trottoir. Quelque chose clochait. Une sorte de mal-être l'envahissait soudain, sans qu'elle sache pourquoi. Elle regarda la silhouette s'éloigner, ne comprenant pas ce qu'elle ressentait. En quelques secondes, l'homme avait disparu et Clara se retrouva seule, dans le silence de la neige. Son cœur s'était mis à cogner dans sa poitrine et elle commença à se sentir oppressée. Elle se retourna, regarda autour d'elle, comme si elle craignait quelque chose. Mais il n'y avait personne d'autre qu'elle. Et elle ne comprenait pas d'où venait ce sentiment si soudain d'insécurité. Elle reprit sa marche et accéléra inconsciemment le pas pour rejoindre au plus vite sa voiture. Elle s'y engouffra et instinctivement, appuya sur le bouton de fermeture automatique des portières. Son cœur battait toujours aussi fort. Elle se força à respirer lentement et profondément pour se calmer. Au bout de quelques longues minutes, ayant réussi à retrouver un minimum de contrôle d'elle-même, elle démarra le véhicule et quitta la place où elle s'était garée, pour partir en direction du petit supermarché de Thônes.

Parcourir les rayons lui permit de penser à autre chose, et une fois ses courses faites, elle rentra chez elle, quelque peu rassérénée. Mais le regard de l'homme continuait d'occuper son esprit. Elle vida le coffre de sa voiture, se surprenant encore à jeter sans arrêt des regards à droite et à gauche. Une fois les sacs déposés dans la cuisine, elle ne put s'empêcher de vérifier plusieurs fois que les portes de la maison étaient bien fermées à clé, et dès que le jour commença à décliner, elle s'empressa de fermer les volets. La situation lui remémora le comportement qu'elle avait eu plusieurs mois auparavant lorsqu'elle avait aperçu Matthieu au fond du jardin. Mais ce n'était pourtant pas Matthieu qu'elle avait croisé. C'était une personne totalement inconnue qui s'était tenue devant elle… Pourtant, plus elle y réfléchissait, et plus ce regard… elle connaissait ce regard… elle l'avait déjà vu… mais où ? Et quand ?

Ce soir-là, après quelques verres de vin et quelques heures passées à essayer de résoudre cette énigme sans y parvenir, elle monta se coucher, à l'écoute du moindre craquement…
… pour se réveiller en sursaut vers cinq heures du matin, trempée de sueur, tremblante et haletante. Elle avait refait le même rêve, mais là, cette fois, elle se souvenait de plus de choses. Cette fois, elle s'était vue près du cabanon, cachée dans les fourrés, et elle savait qu'elle se mordait la manche pour ne pas hurler. Elle entendait crier ses parents, puis sa sœur. Il y avait un homme avec eux. Puis ce fut le silence. Plus un cri, plus une voix. Et tout d'un coup, le crépitement des flammes, rompant le silence. Elle savait qu'elle mordait toujours la manche de son pull pour ne pas crier. Et soudain, devant elle, plus loin sur l'herbe, une silhouette s'était dressée ; une silhouette dont le visage se tourna en direction du bois où elle se cachait. Elle ne vit alors plus que ses yeux. Et

ça l'avait réveillée d'un seul coup. Assise au milieu de son lit, elle comprit que la veille, dans la rue enneigée, elle avait percuté l'assassin de sa famille ! Il était de retour ! Il était là, à roder autour d'elle, d'Alice et de Matthieu.
Elle attrapa son téléphone et tapa aussitôt un message à l'attention d'Alice. Elle le trouverait à son réveil.
À huit heures le lendemain matin, sans avoir réussi à se rendormir, elle composa le numéro de téléphone de la gendarmerie de Thônes et demanda à parler au Lieutenant Louvières. Elle se présenta à lui et lui raconta sa rencontre de la veille et son rêve de la nuit même. Il lui demanda de rester chez elle, le temps d'envoyer une patrouille la prendre en charge.

Un peu plus tard dans la matinée, Alice arrivait à la gendarmerie et montrait à Bertrand Louvières le texto qu'elle avait reçu de Clara. Celui-ci lui relata aussitôt l'appel qu'il avait également reçu de son côté. Les évènements prenaient soudain une nouvelle tournure et semblaient s'accélérer. Alice était en pleine effervescence.
« C'est lui, c'est certain ! C'est Benoit Leschère ! Il est là !
— Il n'a pas traîné. L'étau se resserre plus vite que prévu autour de nos deux gaillards, semble-t-il. Je suis content de vous avoir mise sous protection rapprochée dès hier ! Maintenant, ça va être à vous de jouer, Alice. Rappelez-vous : dites bien à Maître Dubec ce que nous avons convenu ensemble. Je suis même d'avis d'ajouter que votre amie Clara a croisé hier dans Comancy un individu

qui a réveillé chez elle certains souvenirs du soir du drame…

— Mais je vais mettre la vie de Clara en danger en disant cela !

— C'est déjà potentiellement le cas. Leschère risque de ne pas mettre longtemps à reconnaître Clara, si ce n'est déjà fait. J'ai envoyé une patrouille à son domicile dès ce matin. Elle n'est plus seule, et je vais de ce pas prévenir toute mon équipe de rester sur le qui-vive. Il faut qu'on les fasse sortir de leur trou et qu'on les force à faire le faux-pas que nous attendons. Et très vite. Plus tôt cela arrivera, et plus tôt nous mettrons fin à tout ce cirque ! »
Alice hocha la tête. Bertrand Louvières avait raison, elle le savait. Et elle aussi avait hâte d'en finir avec toute cette histoire.

Le même jour, à quatorze heures, elle attendait donc Maître Dubec, assise comme prévu devant un café, équipée comme un agent secret en pleine intervention. Elle commençait à se demander comment elle avait pu en arriver là et accepter de jouer ce rôle, quand elle vit le petit avocat entrer dans le café. Il balaya la salle de son regard désagréable, avant de la localiser et de se frayer un passage entre les tables. Il se laissa tomber lourdement sur la chaise en face d'elle et l'observa presque méchamment.
Comme le lui avait recommandé Louvières, elle attaqua la première et ne laissa pas le temps à son interlocuteur d'en placer une. Elle lui montra la photo et l'article de

presse. L'avocat se décomposa littéralement devant elle, s'avachissant soudain sur sa chaise. Elle n'omit pas de mentionner la rencontre faite par Clara la veille. L'homme resta silencieux mais Alice pouvait entendre sa respiration s'accélérer. Il était clair que Thomas Dubec n'en menait pas large et que par conséquent, le vieux Martial avait visé juste avec cette affaire de meurtre… Quand elle eut terminé, elle lui précisa qu'il avait jusqu'au lendemain pour lui donner sa décision, puis elle se leva et quitta le café, ne demandant pas son reste. Elle remonta dans sa voiture et, discrètement filée par l'équipe de Louvières, retourna chez elle, où l'attendait Chloé.

Un peu plus tard dans l'après-midi, Louvières les contacta par téléphone. Il demanda à la gendarme de conduire Alice chez Clara, de la laisser sur place et de faire mine de repartir à Thônes. En réalité, elle rejoindrait ensuite à pied par la forêt le reste de l'équipe de surveillance postée un peu plus haut, à quelques lacets du chalet. Il voulait que Leschère pense les deux femmes seules et à son entière merci.

Quand Alice toqua à la porte de la grande bâtisse, Clara lui ouvrit et se jeta dans ses bras. Louvières lui avait exposé son plan et elle avait elle-même proposé d'attirer Leschère directement chez elle pour le prendre au piège. Quoi de mieux que de faire revenir l'assassin sur le lieu de ses crimes après tout ?

Le lieutenant avait organisé l'embuscade dans les moindres détails. Pour lui, il était devenu évident que

Benoit Leschère jouait un rôle central dans ce qui était en train de se passer ; et il ne doutait plus non plus que l'homme chercherait à se débarrasser des deux femmes le soir même. Alors si, en plus, on lui facilitait la tâche en les amenant à être toutes les deux ensembles au même endroit…

Juste avant la rencontre entre Alice et Thomas Dubec, il avait donc posté trois membres de son équipe en civil dans la maison de Clara, ainsi que d'autres en contrebas sur la route, déguisés en promeneurs, pour guetter les allées et venues autour de l'habitation. Sans compter ceux qui attendaient, quelques virages plus haut. Il était persuadé que Leschère suivrait de près Alice, d'une manière ou d'une autre. Quand il comprendrait qu'elle se rendait chez Clara Ducret, l'homme ne pourrait être que tenté de passer à l'acte le jour même. Et voyant Chloé repartir en les laissant seules, la tentation n'en serait que plus forte encore…

Une fois que Clara eut refermé la porte, il salua Alice, puis accompagna les deux femmes à l'étage, dans une pièce aux volets fermés, pour les briefer. Ne restait plus qu'à espérer que tout se passe bien et que l'homme soit appréhendé rapidement et proprement.

Ce soir-là, à la nuit tombée, Clara avait fermé les volets comme si de rien n'était, parlant à Alice qui se tenait légèrement en retrait. Rien ne devait donner l'impression d'être différent dans les habitudes de Clara, pour ne pas éveiller le moindre soupçon. Après tout, personne ne savait depuis quand avait commencé la surveillance par Leschère, et qui sait, peut-être aussi par Dubec… Puis les deux amies étaient allées s'asseoir dans le salon. L'attente avait alors commencé, et malgré le briefing de Louvières, qui s'était voulu très rassurant, et le fait de savoir les gendarmes à quelques mètres d'elles à peine, les deux femmes étaient terrorisées. Clara leur prépara une tisane.

« Ça nous fera du bien. Est-ce que tu as parlé à Matthieu de ce qui se trame ce soir ? »

Alice secoua la tête et ajouta à voix basse :

« Non. Louvières n'a pas voulu. Mais je t'avoue que j'aurais bien aimé qu'il soit avec nous.

— Moi aussi. D'autant qu'il mérite bien de pouvoir casser la figure à ces sales types, après tout ce qu'ils nous ont fait…

— Ne t'inquiète pas, Leschère et Dubec vont bientôt payer pour ça. »

Elles burent leur boisson chaude en silence. La vieille pendule familiale égrenait les minutes. Le temps leur paraissait long. Infiniment long. Rien ne bougeait et le silence était pesant. Elles en vinrent à se demander si Leschère viendrait réellement ce soir, quand soudain, Louvières apparut sans un bruit dans le salon. À voix basse, il leur expliqua que ses hommes avaient identifié le faisceau d'une lampe torche qui s'était déplacé un bon moment dans le bois, remontant vers le cabanon de jardin, avant de disparaître subitement. Pour lui, il n'y avait aucun doute. Leschère approchait. Tout se jouait maintenant. Il les poussa vers l'étage, tandis que deux des autres gendarmes, en pyjama et arborant des perruques similaires aux coiffures des deux jeunes femmes, prenaient leur place dans le salon, sous leurs regards médusés. Aucune d'elles n'était au courant de cette phase du plan de Louvières. Le lieutenant avait vraiment tout prévu.

« Restez cachées en haut. Je ne veux pas qu'il vous arrive quoi que ce soit. »

Il redescendit aussitôt.

À peine une dizaine de minutes plus tard, elles entendirent des bruits de lutte. Des meubles et des bibelots chutèrent, des cris se firent entendre. Réfugiées dans un coin de la chambre de Clara, les deux femmes se serrèrent l'une contre l'autre, retenant leur souffle. L'homme était dans la place. Puis la voix de Louvières :

« Tu te calmes ? C'est compris ? Tu te calmes. »

Le cœur battant, elles attendirent. Un bruit de pas dans l'escalier les fit se serrer spontanément plus fort l'une contre l'autre. Mais ce n'était que Louvières. Elles soupirèrent de soulagement.

« C'est bon, on le tient. Mademoiselle Ducret, j'ai besoin que vous veniez avec moi. Il faut que vous me disiez si c'est bien l'homme que vous avez croisé hier et que vous avez vu dans votre rêve. »

Clara acquiesça. Les deux amies descendirent à la suite de Louvières et se postèrent dans l'embrasure de la porte du salon. Assis sur le canapé, un homme attendait. À leur arrivée, il leva la tête et leur adressa un regard profondément haineux. Alice en eut froid dans le dos.

Louvières se tourna vers Clara. La jeune femme était devenue blanche. Elle hocha la tête, confirmant ainsi au lieutenant ce qu'il voulait savoir. Leschère fixa alors Alice et un rictus méchant déforma soudain son visage. La poitrine de la jeune femme se serra de peur, tandis que le Lieutenant Louvières se tournait vers les membres de son équipe.

« C'est bon, vous me l'embarquez. »

Les gendarmes firent se lever Leschère et lui intimèrent de tendre les bras derrière son dos pour pouvoir lui passer les menottes. C'est alors que Leschère se jeta de toute sa masse sur les hommes qui l'encadraient, et leur asséna à chacun deux violents coups de poing, les faisant chuter au sol. Avant qu'ils ne se soient relevés pour contrattaquer, le colosse se rua vers le couloir, saisit Alice par le bras et l'attira violemment à lui sans qu'elle ne puisse s'esquiver. Puis il ouvrit la porte d'entrée de la bâtisse et recula vers l'extérieur, tirant la jeune femme à sa suite. Alice essaya de se dégager, mais Leschère la plaqua alors devant son corps, et sortit d'on ne sait où un canif qu'il appuya sur sa gorge. Sur le perron, Louvières et ses hommes ne pouvaient que constater la situation qui venait soudain de dégénérer. L'homme descendait à reculons vers le bas du jardin, semblant vouloir se réfugier dans le cabanon ou fuir par le bois. Louvières attrapa son talkie et prévint ses hommes. Certains se tenaient déjà en embuscade dans le bois, mais il leur demanda de ne surtout pas risquer la vie d'Alice.

Alice était terrorisée. Lorsque Leschère l'avait attirée contre lui et lui avait dit de la fermer et de faire ce qu'il lui dirait, elle avait aussitôt reconnu celui qui l'avait agressée, des mois plus tôt. La lame sur sa peau était glaciale. Alice essayait de rester calme, mais elle trébuchait sans arrêt et priait pour que le couteau ne vienne pas s'enfoncer dans sa gorge. Ce malade allait l'emmener dans les bois et se débarrasserait sans aucun doute d'elle dès qu'il le pourrait…

Plus haut, devant la maison, elle voyait Clara en larmes, Louvières et ses hommes, debout et impuissants. Face à Leschère, elle n'avait aucune chance. L'homme devait mesurer dans les un mètre quatre-vingt-dix, et malgré son âge avancé, il était d'une force surprenante et sans appel.

Des milliers de pensées se bousculèrent dans la tête de la jeune femme. Elle pensa à sa mère et à son beau-père ; elle pensa à Matthieu, aussi. Elle se dit qu'elle ne reverrait sans doute jamais aucun d'entre eux…

Quand ils atteignirent le cabanon, Leschère se mit à l'abri derrière un tas de bois qui jouxtait le bâtiment.

« C'est là que nos chemins se séparent, ma belle. Tu m'as suffisamment créé de problèmes. Et tu ne pourras pas dire que je ne t'avais pas prévenue. Bon sang, j'aurais mieux fait de t'étrangler tout de suite. Si ce con de Dubec…

— Lâchez-moi !

— T'inquiète, je vais te lâcher. Salue la famille de ta

copine quand tu la verras ! »

Il ricana méchamment tandis qu'Alice le vit lever sa main tenant le couteau ; ce malade allait lui trancher la gorge ! Dans un élan de survie, elle se baissa brusquement en avant, déséquilibrant un court instant son agresseur. Elle lui asséna alors un violent coup de coude. Leschère poussa un cri. Il la lâcha et elle tomba par terre. Mais il était déjà à nouveau sur elle, le couteau levé. C'en était fini d'elle. Alice écarquilla les yeux de terreur. Elle était bloquée et ne pouvait plus bouger. Elle vit le bras armé se lever et commencer sa descente funeste vers elle, le visage de son agresseur tordu de haine en arrière-plan.

Puis ce fut comme un arrêt sur image. Leschère sembla soudain s'immobiliser, l'air surpris. Alice retint son souffle. L'homme resta comme suspendu en l'air, puis elle vit une main saisir le couteau et pousser Leschère sur le côté. Alice le regarda alors s'affaler lourdement près d'elle, interdite. Au-dessus d'elle, le visage de Matthieu apparut alors, empli d'inquiétude.

« Alice, Alice, ça va ? Tu n'as rien ? Est-ce que tout va bien ? »

Un bruit de course, des voix, Clara, Louvières, et tout un attroupement qui se formait... Alice voulut se relever, mais tout se brouilla et disparut devant elle.

Il était une fois… et après ?

Leschère avait été interpellé. Pour de bon cette fois. Face au dossier monté par le père Martial, et aux derniers évènements survenus, l'homme avait fini par avouer. Au début, il avait bien essayé de résister. Il avait demandé la présence de son avocat. Maître Dubec, évidemment. Louvières avait souri :
« Ça tombe bien, il est également dans nos locaux. Mais je doute qu'il vous soit d'un quelconque secours… »
Leschère avait haussé les sourcils.
« Nous l'avons interpellé ce matin. Vous risquez surtout de l'avoir pour voisin de cellule. »
Dès le lendemain de son arrestation, Louvières s'était rendu en personne avec ses hommes au domicile de l'avocat, à six heures du matin. Le petit homme avait d'abord laissé sonner dans le vide, mais devant l'insistance des gendarmes, il avait fini par leur ouvrir la porte. Il les avait pris de haut, feignant d'être scandalisé par ce réveil des plus matinaux. Mais Louvières n'était pas dupe. L'homme était aux abois, tremblant. Quand il leur demanda ce qu'ils lui voulaient :

« Nous avons interpellé votre vieil ami Benoit Leschère hier soir.

— Cet homme n'est pas mon vieil ami ! Je n'ai rien à voir avec lui !

— Allons, Maître, pas à moi… Hier, vous vous êtes rendu à un rendez-vous proposé par Mademoiselle Alice Morel. Ce nom vous dit quelque chose, n'est-ce pas ?

— Pas du tout !

— Maître, ce rendez-vous a été enregistré. Vous étiez sur écoute.

— Je ne suis au courant de rien ! Et je n'ai rien compris à ce que cette folle m'a raconté !

— Pourtant vous êtes venu au rendez-vous… surprenant, vous ne trouvez pas ? Et comment expliquerez-vous qu'à peine quelques heures après, Leschère ait essayé de les tuer, elle et son amie Clara Ducret ? Clara Ducret, ce nom vous dit bien quelque chose, lui ? N'est-ce pas ? »

Le petit homme ouvrit la bouche mais plus aucun son n'en sortait. Louvières continua :

« Je vais vous demander de nous suivre, maintenant. Mes hommes vous accompagnent, le temps que vous puissiez passer une tenue plus adéquate, mais je vous déconseille fortement de tenter de disparaître. C'est bien compris ? »

Deux gendarmes l'escortèrent. Lorsqu'ils revinrent, l'avocat faisait grise mine. Une fois dans les locaux de la Brigade d'Annecy, Louvières s'installa face à lui, dans une petite salle d'interrogatoire. Il déposa sur la table devant lui les photos, puis lui montra, à travers une vitre

sans tain, Leschère, qui patientait dans la salle voisine.
« C'est terminé cette fois. Ni vous ni lui ne vous en sortirez. Ce n'est qu'une question de temps. »
Le petit avocat déglutit et baissa la tête.

Tout avait effectivement commencé très longtemps auparavant. Par le meurtre d'une jeune femme. Et par le pacte sordide de trois camarades de service militaire : Jacques Ducret, Benoit Leschère et Thomas Dubec… Benoit Leschère et Thomas Dubec se connaissaient depuis l'enfance. Lorsqu'ils partirent faire leur service militaire, ils rencontrèrent Jacques Ducret et formèrent bientôt un trio inséparable. Un soir, Thomas Dubec, complètement ivre, perdit son sang-froid et tabassa à mort une jeune femme qui avait repoussé ses avances. Ses deux comparses, qui le cherchaient depuis un moment, arrivèrent sur les lieux du drame. Jacques Ducret ne voulait pas être mêlé à tout ça ; oui, il traînait avec eux et buvait parfois un peu trop, mais c'était quelqu'un d'honnête. S'ensuivit une forte querelle, dans laquelle Dubec et Leschère se liguèrent contre Jacques Ducret et le menacèrent ouvertement de lui faire porter le chapeau si il n'acceptait pas de les aider et de partager ce lourd secret. Ducret découvrit alors bien brutalement ce soir-là le vrai visage de ses soi-disant amis et se retrouva piégé. Par la suite, il coupa tout contact avec eux, se maria et entama une vie de famille tranquille. Jusqu'à ce que Benoit Leschère commence à venir passer ses vacances avec femme et enfants, puis ses week-ends, à Comancy. Ducret fit mine de ne pas le reconnaître et l'évita soigneusement, la boule au ventre. Mais Leschère s'en amusa et provoqua volontairement quelques rencontres, soit-disant fortuites, au cours desquelles il n'oubliait jamais de rappeler à Ducret leurs souvenirs de jeunesse et leur pacte maudit.

Leschère était un homme malsain. Foncièrement malsain. Et quand il croisa la route de Céline Ducret, il n'hésita pas à profiter du comportement très libéré de la jeune fille. Il faisait cependant attention à rester discret. La femme qu'il avait épousée lui avait apporté une certaine position sociale, et il n'était pas question pour lui de perdre une aussi belle situation pour quelques ébats sexuels avec une gamine, même s'il prenait beaucoup de plaisir à « baiser la gamine de son vieil ami », comme il l'avait exprimé à Louvières en interrogatoire, en riant sadiquement.

Ce qui s'était passé ce soir-là ? Il avait reçu un appel de Jacques Ducret. Celui-ci avait découvert sa liaison avec sa fille. Il avait vu la gamine sortir de la résidence secondaire de Leschère et l'embrasser. Furieux, il vociférait au téléphone, hurlant qu'il allait tout révéler à sa femme et qu'il pouvait faire une croix sur sa belle vie lyonnaise. Quand il eut raccroché, Leschère comprit qu'il devait agir vite. Il dépendait complètement de l'argent de sa femme, et cet abruti de Ducret allait tout lui faire perdre. Il avait sauté dans sa voiture et roulé à toute vitesse jusqu'au village haut-savoyard. Son idée première était d'essayer de raisonner Jacques Ducret, de s'excuser et de le convaincre de se taire. Il jura à Louvières qu'il n'avait pas prévu ce qui allait se passer ce soir-là. Lui n'avait jamais tué personne ! Après tout, c'était Dubec, le seul responsable de tout ce qui était arrivé !

Il avait sonné à la porte des Ducret et s'était trouvé nez-à-nez avec Jacques, très énervé. Celui-ci était sorti pour discuter. Derrière l'une des portes-fenêtres du salon, il avait entrevu Céline, en larmes, et sa mère. Les deux femmes observaient la scène. Ducret l'avait entraîné au fond du jardin, près du cabanon en bois. Le ton monta très vite, et les deux hommes en vinrent rapidement aux mains. Marie, la femme de Jacques était sortie de la maison et s'était approchée, inquiète. C'est alors que Benoit Leschère eut la main trop leste. Il s'acharna littéralement sur Jacques, jusqu'à ce que ce dernier s'effondre, inconscient, certainement déjà mort. Marie hurla et se jeta sur Leschère, qui, en panique, saisit une bûche et la frappa violemment plusieurs fois à la tête. Affolé, il avait ensuite tiré les deux corps dans le cabanon, attrapé un bidon d'essence qui traînait près de la tondeuse à gazon, et aspergé tout l'intérieur de carburant. Puis il avait sorti son briquet d'une poche et mis le feu. Tout s'était embrasé rapidement. Il s'était reculé et était resté debout, à contempler l'horreur de ce qu'il venait de faire. C'est là qu'il avait entendu des hurlements derrière lui. Céline déboulait en courant. Elle s'était précipitée vers l'entrée du cabanon, et il l'avait rattrapée de justesse au passage pour l'empêcher de se jeter dans les flammes. Mais elle s'était retournée face à lui et s'était mise à le frapper et à le griffer en hurlant : « Assassin, assassin, mais qu'est-ce que tu as fait ?

— Tais-toi ! Ferme ta gueule ! Tais-toi, je te dis ! »
Mais la jeune fille ne s'arrêtait pas. Elle était hystérique et l'insultait violemment. Le regard de Leschère devint alors comme fou. Il fallait qu'elle se taise. Il avait attrapé son cou et serré. Il serra et serra encore. De plus en plus fort. Ils se retrouvèrent au sol. Très vite, la jeune fille suffoqua et cessa de crier. Mais il ne relâchait pas son étreinte. Il avait déjà perdu pied. Il avait continué de serrer en murmurant « Tu vas la fermer, ta gueule, espèce de connasse ? Tu vas la fermer, oui ou merde ? Tu crois peut-être que c'est une petite conne comme toi qui va gâcher ma vie ? Eh ben non, tu vois… tu vas crever, comme tes parents, et moi, je vais continuer à profiter, tu comprends ? »
Le regard de Céline l'avait alors fixé avec étonnement, puis s'était éteint, en deux secondes à peine. Son corps s'était relâché et devint soudain tout mou entre ses mains. Il s'était passé encore plusieurs minutes avant que Leschère ne réalise qu'elle était morte. Il avait fini par lâcher la jeune fille, et hagard, s'était efforcé de vérifier qu'il n'avait laissé sur place aucun effet ni aucune trace pouvant le relier à ce qui venait de se passer. Quant à la bûche avec laquelle il avait assommé Marie Ducret, elle était déjà réduite en cendres. Il avait alors regagné son véhicule et quitté prudemment les lieux, les yeux rivés sur les flammes qui s'élevaient de la cabane.
Le lendemain, il avait appelé Dubec, son ami d'enfance

devenu avocat, en lui disant qu'il voulait lui parler d'un dossier urgent. Les deux hommes continuaient de se fréquenter, et Leschère n'avait pas pu s'empêcher de lui faire part de la situation, cocasse selon lui, concernant sa liaison avec la fille Ducret. Il s'était donc présenté chez l'avocat, sur les nerfs et lui avait tout raconté.

Thomas Dubec s'était emporté et lui avait demandé de sortir de chez lui. Il l'avait pourtant prévenu que tout ça finirait mal ! Qu'est-ce qu'il lui avait pris de toucher à cette gamine ! Comme s'il ne savait pas quelle serait la réaction de Ducret ! Puis il s'était calmé et avait essayé de convaincre son ami de se dénoncer. Il lui avait promis d'assurer sa défense et de tout faire pour lui obtenir une peine réduite. Peut-être pourrait-il plaider la folie... Leschère se retrouverait sans doute en hôpital psychiatrique pendant de longues années, mais c'était mieux que la prison à vie, non ? Mais Leschère ne l'entendit pas de cette oreille. Il rappela alors à Thomas Dubec son acte passé, et comment, lui, son ami, n'avait pas hésité à lui sauver la mise. Grâce à lui, Dubec était toujours libre aujourd'hui. Eh bien, son tour était venu de lui rendre la pareille. L'avocat réalisa qu'il était piégé. Benoit Leschère enfonça le clou :

« Il vaut mieux pour toi que je ne sois pas arrêté. Car sinon, je n'hésiterai pas à leur dire ce que tu as fait à cette fille. Comment tu l'as tabassée, jusqu'à ce qu'elle crève, dans le caniveau où ils l'ont trouvée. Tu comprends ce que je te dis ? Démerde-toi comme tu veux, mais trouve une solution. »

Dubec lui avait rendu un regard aussi mauvais que celui qu'il lui avait adressé.

Dans les jours qui suivirent, Thomas Dubec commença donc à s'intéresser de très près à l'affaire. Et quand il eut vent de l'arrestation de Matthieu Deschamps, il se frotta les mains. Une idée commença à germer dans son pauvre esprit malhonnête ; le garçon ferait un coupable idéal. Le bouc émissaire parfait… Il contacta les parents. S'il pouvait devenir l'avocat du garçon, il serait au cœur du dossier et pourrait orienter le procès à son avantage… Il gagna leur confiance, et leur proposa d'assurer la défense de leur fils contre presque rien. Il était « tellement choqué de ce qui leur arrivait », leur avait-il dit. À partir de là, ce fut un jeu d'enfant. Il les manipula, eux tout autant que Matthieu. En aparté de ses échanges avec eux, il n'hésita pas à soulever des questions ou de fausses pistes auprès de certains de ces contacts, orientant subtilement les enquêteurs vers le jeune homme, et les entraînant surtout le plus loin possible de Leschère. Quand vint l'heure du verdict, il retint son souffle, puis savoura l'instant où le jury le condamna. Aucun lien entre les évènements et Benoit Leschère ne fut jamais fait. Mieux encore pour Dubec lui-même : il plaida si bien lors du procès qu'il devint une référence dans la région. Le cabinet dans lequel il officiait se développa très vite par la suite et Dubec continua sa petite vie bien tranquillement et très confortablement pendant toutes ces années, tandis qu'un innocent croupissait en prison, sans que cela ne le dérange le moins du monde. De son côté, Leschère reprit sa vie lyonnaise, et réussit à convaincre sa femme d'aller passer leurs vacances ailleurs. La résidence secondaire resta alors fermée été comme hiver, et personne n'y séjourna plus jamais par la suite.

Bertrand Louvières finissait son café, pensif. Il était content que tout soit terminé. Leschère était passé aux aveux, y compris concernant la mort du père Martial.
« Pourquoi s'en être pris à lui ?
« — Je l'ai vu parler avec la boulangère… C'est là que je me suis souvenu qu'il traînait souvent autour de ma maison de vacances à l'époque où je m'tapais la fille de Jacques… J'ai appelé Dubec pour savoir s'il le connaissait. Il m'a dit que c'était un vieux renard et qu'il fallait s'en méfier… Je lui ai donc rendu une petite visite…
— Qu'est-ce qui s'est passé ?
— J'ai bien vu qu'il m'avait tout de suite reconnu… Je lui ai posé quelques questions… juste pour voir… Et c'est là qu'il a lâché qu'il savait ce qu'on avait fait à cette fille… Pas de pot pour lui… Je ne pouvais pas le laisser en vie après ça. Je l'ai poussé contre la rambarde du balcon et elle a cédé. J'ai fouillé son chalet pour être sûr qu'on ne remonterait pas jusqu'à moi, mais je n'ai rien trouvé… Mais j'avais vu juste, n'est-ce pas, puisque vous avez retrouvé des photos et l'article ? »
Louvières avait hoché la tête en signe d'affirmation.
« Où est-ce qu'il les avait planqués, ce vieux con ? »
Benoit Leschère s'était alors mis à rire nerveusement quand le lieutenant lui avait révélé l'existence de la cave

enterrée…

Le témoignage édifiant de Clara Ducret était venu compléter les interrogatoires menés. Celle-ci avait entièrement retrouvé la mémoire pendant les évènements de la veille. Voyant son amie prise en otage, et agressée devant le cabanon, tous les souvenirs du jour tragique où elle avait perdu sa famille avaient aussitôt rejailli. Le lendemain, elle s'était déplacée à la gendarmerie pour tout raconter au lieutenant.

Le jour des meurtres, Céline et Clara s'étaient disputées violemment. Céline, par jalousie, lui avait révélé sa liaison avec Matthieu Deschamps. Clara, blessée, avait alors décidé de partir dormir chez une amie à elle, au village. Elle avait rassemblé rapidement quelques effets et, après avoir prévenu ses parents, était partie à pied, prenant le sentier de randonnée qui passait à travers le bois. Mais au bout d'une quinzaine de minutes, elle avait réalisé qu'elle avait oublié sa trousse de toilettes. Elle avait rebroussé chemin pour la récupérer. C'est alors qu'elle avait entendu des cris, une dispute. Elle s'était cachée dans les buissons, sous la cabane, et n'avait pu qu'assister, impuissante aux meurtres de ses parents. Elle était tétanisée et ne pouvait plus bouger. Sa manche dans sa bouche pour ne pas crier, elle avait vu un homme mettre leurs corps dans le cabanon puis l'incendier, avant d'étrangler sa sœur. C'était Leschère, elle le savait à présent. Elle était restée là, en état de choc pendant au moins une heure, bien après le départ de Leschère. Puis soudain, elle s'était mise à courir à toute vitesse dans le

sentier, jusqu'à ce qu'elle chute violemment et atterrisse contre une souche, inconsciente. Quand elle avait repris connaissance, elle ne se souvenait plus de rien. Elle pensait juste être tombée, et comme ses joues étaient encore mouillées de larmes, elle en avait déduit qu'elle avait dû pleurer un bon moment sur la trahison de sa sœur. Elle s'était alors relevée et remise en route jusque chez son amie, sans réaliser qu'il s'était écoulé plus de trois heures en réalité…
Louvières lui demanda d'identifier à nouveau formellement Leschère, puis de signer sa déclaration. Cette fois, l'homme était cuit. De plus, Clara, lors de son audition, en profita également pour rapporter au lieutenant ce que Matthieu Deschamps lui avait raconté quant au fait que c'était Dubec qui avait proposé aux parents du jeune homme de s'occuper de sa défense. Elle lui fit part de son étonnement sur ce point qui était sans doute un détail. Mais Louvières sourit et la remercia de cette précision, en ajoutant que cette information était bien plus importante qu'elle ne pouvait l'imaginer. Les pièces du puzzle s'assemblaient à merveille…

Alice, quant à elle, était restée en observation à l'hôpital d'Annecy jusqu'au lendemain. Louvières lui avait rendu visite dans la matinée, la trouvant avec Matthieu Deschamps, ce qui ne l'étonna pas vraiment. Son instinct lui disait qu'entre ces deux-là, quelque chose se tramait. Elle lui confirma qu'elle avait reconnu en Leschère son agresseur de l'automne dernier et lui rapporta les propos de ce dernier.

« Et un élément de plus à ajouter au dossier du Lyonnais… », se dit le lieutenant.

Il en profita pour remercier Matthieu d'avoir été là. D'ailleurs, comment avait-il fait pour arriver jusqu'au cabanon sans se faire repérer par son équipe, celui-là ? Louvières lui rappela qu'il devrait s'en expliquer, et Matthieu acquiesça en silence.

Le lendemain, installée dans un fauteuil, le jeune chien couché à ses pieds, Alice savourait le calme retrouvé, sur la terrasse du chalet des Bois Rians. Un rayon de soleil caressait son visage. Les yeux fermés, elle huma le parfum du thé que Matthieu venait de lui préparer. La veille, en sortant de l'hôpital, il avait ouvert la portière du siège passager du 4x4 rouge, et lui avait dit :

« Je t'emmène aux Bois Rians. »

Elle n'avait même pas cherché à discuter. Clara les avait rejoints au chalet, avec un sac de voyage contenant des affaires pour Alice. Elle avait serré son amie contre elle, encore bouleversée. Puis elle les avait laissés seuls. Elle devait rentrer à Paris le jour même. Cette fois, elle ne pouvait plus rallonger son séjour. Ils s'étaient salués et les deux jeunes gens avaient regardé la voiture de leur amie s'éloigner dans les virages, vers la vallée…

Matthieu vint s'asseoir près d'Alice. Elle posa sa tête contre son épaule et ils restèrent ainsi un long moment. Ce qui s'était passé avait révélé la profondeur de leurs sentiments respectifs. Lorsqu'Alice s'était réveillée à l'hôpital, elle avait été accueillie par le sourire de Matthieu.

« Comment te sens-tu ? », lui avait-il demandé.

Elle avait légèrement souri, à son tour, et murmuré :

« On se tutoie maintenant ? »

Il avait alors prit sa main et l'avait embrassée doucement. Alice s'était rendormie presque aussitôt. Et depuis qu'il l'avait ramenée la veille aux Bois Rians, ils ne se quittaient plus, Matthieu s'inquiétant sans cesse de son bien-être.

Soudain, Alice redressa sa tête :

« Alors, ça fait quoi ?

— Tu parles de quoi ?

— De se dire que les vrais coupables sont derrière les barreaux ? »

Matthieu rit doucement.

« Je suis soulagé, et heureux. »

Ils se regardèrent en silence. Elle reprit :

« Mais au fait, tu ne m'as toujours pas dit ce que tu faisais là, caché derrière le cabanon ? Quand j'y pense... sans toi, je serais morte... »

Elle plongea son regard dans le sien. Il sourit mystérieusement.

« Allez, dis-moi...

— D'accord... J'ai compris que tu préparais quelque chose dès le soir où tu es sortie en cachette...

— Quoi ? Tu savais ? »

Alice ouvrit des yeux pleins de surprise.

« Alice... tu comptes tellement pour moi que j'étais

inquiet depuis un bon moment à l'idée qu'il puisse t'arriver quoi que ce soit. Alors… j'ai gardé un œil sur toi. Et j'ai bien fait ! Je t'ai vue te rendre chez le père Martial. J'ai fait le guet sans que tu t'en rendes compte. Est-ce que tu réalises que Leschère aurait pu en faire tout autant ? »

Il fronça les sourcils. Alice baissa la tête. Oui, elle n'en était que trop consciente.

« Bon, je reconnais que tu t'es très bien débrouillée seule, mais après ça, je me suis douté que tu prendrais contact avec la gendarmerie. En tout cas, j'ai croisé les doigts pour que tu le fasses… J'espère que tu me pardonneras, mais je t'ai encore suivie discrètement. Quand je t'ai vue te rendre à la gare d'Annecy et sauter dans les bras de cette drôle de fille, je me suis posé des questions. Tu ne m'avais pas parlé de cette visite, et je te trouvais plus distante d'un seul coup. Il ne m'a pas fallu longtemps pour comprendre, surtout quand je t'ai vue attablée avec Dubec au café, que vous tramiez quelque chose, Louvières et toi. Et en même temps, je me suis dit que je préférais ne pas être trop loin, au cas où tu aies voulu prendre des initiatives dans ton coin…

— Mais comment as-tu fait pour arriver jusque chez Clara sans te faire remarquer ? Louvières avait des hommes à lui partout ! »

Matthieu éclata de rire.

« Il faut croire que je suis plus malin qu'eux ! ».

Et devant le regard insistant d'Alice :

« Je t'assure… ils étaient tellement focalisés sur Leschère

que ça a été un jeu d'enfant. D'ailleurs, tu vois, je me dis qu'heureusement que Dubec est plutôt du genre poule mouillée, parce que s'ils étaient venus à deux, potentiellement, Dubec aurait pu arriver jusqu'à vous sans être repéré, et compliquer encore plus la situation… »
Il resta silencieux quelques instants avant de reprendre ses explications.
« Tu te rappelles que je t'ai dit avoir voulu devenir guide de montagne ? »
Elle hocha la tête.
« Eh bien, quand tu es guide, tu apprends aussi à respecter la nature qui t'entoure. Donc tu évites de la déranger, tu apprends à te déplacer sans perturber ton environnement. Cela m'a permis de développer une capacité à me mouvoir discrètement, vois-tu ? Si bien que quand j'étais jeune, je pouvais m'approcher très près des animaux sans même qu'ils ne me repèrent… Là, j'ai fait pareil. »
Alice le contempla, admirative. Puis leurs regards à tous les deux s'envolèrent vers l'horizon. De la terrasse, ils pouvaient voir la forêt et ses grands sapins sombres, puis plus loin, la légère brume qui masquait le fond de la vallée, lui donnant l'impression d'avoir été engloutie par un lac aux eaux calmes ; et plus loin encore, les montagnes dont ils devinaient tout juste la présence.

Soudain, le téléphone d'Alice émit un petit bip discret. Elle l'attrapa. C'était un message de Clara. Elle l'ouvrit, le lut, puis montra l'écran à Matthieu.

« Décidément, c'est une bonne journée qui s'annonce. »
Matthieu saisit l'appareil, regarda l'écran et découvrit le message de Clara :

Coucou Alice. J'espère que tu te sens mieux. Je voulais te dire que j'ai donné ma démission ce matin. Je reviens très bientôt parmi vous, pour de bon cette fois. Hâte de profiter de mon père et de vous deux ! Je vous embrasse, Matthieu et toi !

Matthieu acquiesça.
« Je suis contente pour elle. C'est bien. »
Alice tourna la tête vers lui, et plongea son regard dans le sien, un léger sourire sur les lèvres.
« Et moi, je suis contente pour nous… »
Au loin, la brume avait disparu comme par enchantement, révélant la face jusque-là cachée des montagnes. Alice inspira profondément, consciente et heureuse de la nouvelle vie qui s'offrait à eux. Un nouvel horizon, empli d'espoir et de possibles…

REMERCIEMENTS

Un grand merci à mes proches pour leurs encouragements à persévérer dans l'écriture de ce roman.

Merci à mes lectrices et lecteurs testeurs pour leurs précieux conseils, premiers retours et avis.

Grâce à vous tous, je suis allée au bout de ce joli projet.

À PROPOS DE L'AUTRICE

Anne-Julie Chauve est une autrice française.

Dès son enfance, elle est passionnée par la lecture, et dès l'âge de 11 ans, elle commence à écrire, pour elle-même, de petites nouvelles.

La face cachée des montagnes est son tout premier roman. Un roman policier qui met à l'honneur la région Rhône-Alpes et plus particulièrement la Haute-Savoie.

Printed in Great Britain
by Amazon